김종억 작가 다섯번째 수필집

황혼의 소풍

picnic in the twilight years

머릿글 ——————————————————————

　늙어 죽어갈 때까지 누구나 거치게 되는 노인의 시기, 육신과 정신의 노화는 인간을 인간답게 살지 못하게 한다. 개인의 상태에 따라 조금은 다를 수도 있지만 보편적 노화 현상은 누구나 피해갈 수 없는 현실이다. 자신의 삶을 스스로 유지하지 못하고 타인과 시설의 도움을 받아야 한다면, 그 순간부터 고통이 뒤따르게 된다. 서글픈 인생의 결과물이지만 피할 수 없는 자연현상이다.

　"나는 죽음보다 '산송장' 이 되는 일이 더 두렵다." 살아있어 봤자 할 수 있는 일이 전혀 없게 됐을 때, 죽음을 택하지 않을 이유가 없다. 무의미한 연명치료로 호흡만 겨우 유지하는 억지 장수까지 평균 수명에 포함시킨 100세 시대는 축복이 아니라 재앙이다.(100세 시대의 축복과 재앙 사이)

　나는 요양보호사 활동 6년 동안 많은 어르신과 만남을 통해서 그분들의 실체적 삶을 목격했다. 100세 시대의 축복을 말하기 이전에 내가 만났던 분들의 삶은 전혀 행복하지 않았음을 스스로 고백할 수 있다.

한 분, 한 분들에게 쏟았던 정성이 그분들의 삶에 다소나마 위로가 되었다면 그보다 더 큰 다행이 아닐 수 없다. 요양보호사로서 아직은 열악한 근무환경과 처우를 떠나서 함께 호흡하고 온기를 불어넣었던 지난 6년의 세월은 나에게도 참으로 행복했던 시간이었다. 왜냐하면 비록 몸은 불편하여 나의 도움을 받지만, 연륜에서 우러나오는 그분들 최소한의 지혜를 덤으로 습득했기 때문이다.

혹시라도 나로 인해 추호라도 마음이 불편하셨던 일이 있으셨다면 지면을 통해 사과의 말씀과 함께 감사의 말씀을 올린다.

100세 시대라고 해서 무조건 좋아할 일만은 아니다. 100세 시대를 대비해서 노후 대비와 꾸준한 건강을 챙겨야만 축복된 100세 시대를 맞이할 수 있음을 깨달았던 소중한 시간이었다. 이 책의 이야기는 나의 개인적 체험을 통해서 얻은 내용이기에 요양보호사의 보편적 이야기라고는 할 수 없음을 밝혀둔다.

2024.12

김종억

축하의 글

생로병사의 현장에 가다

시인이자 수필가인 김종억 작가가 6년 동안 생로병사의 현장에서 요양보호사 활동을 했다. 그리고 어르신들을 돌보며 일어난 일들을 수필로 엮어낸 작품들이다.

김 작가 자신도 몇 년 전 졸지에 뇌경색이 와서 치료한 적이 있었다. 그로 인해 깨달은 바 있어 요양원에 자진해 아픈 어르신들을 돌보는 일을 하며 피부로 느끼게 된 것이라고 한다.

"인생칠십고래희"- 사람이 일흔 살을 사는 것은 예로부터 드물었다는 말이다. 그러나 그러한 속담은 옛말이 되었다. 현시대는 사람의 수명이 길어지면서 100세 시대라고 한다. 방송 등 언론에서 100세 시대가 도래되었다고 건강하고 즐겁게 살자고 홍보하고 있다.

그러나 김 작가는 요양원에서 어르신들의 건강케어를 하면서 병이 들면 처참해지는 모습들을 피부로 느꼈다고 했다. "나는 죽음보다 '산송장'이 되는 일이 더 두렵다". 현실에 처해 있는 분들이 살아 있어 봤자 할 수 있는 일이 전혀 없을 때 병 들어 자괴감에 빠지는 모습들을 보며 인생이 덧없음을 느꼈다고 한다.

김종억 작가는 영관장교 직업군인으로 정년 퇴임했다. 평소 군인정신이 투철해 올곧고 정의감이 서려 있음을 이 수필집에서 엿볼 수 있다. 환자가 된 어르신들을 가족처럼 모신다. 보호사답게 충분히 상식을 익혀 돌보았다. 가족처럼 벗처럼 그들을 위로하며 지냈던 그의 논픽션 글발에서 충분히 엿볼 수 있었다. 내용 면면히 수록한 글에서 진정한 그의 인간애에 그저 숙연해진다. 양지보다 음지에서 보이지 않게 빛을 발하는 그의 생활방식에 많은 독자가 탐독해 귀감이 되리라 기대해 본다.

박종래

시인.문학평론가

축사

존경하는 운해 김종억 작가님,

이 소중한 책을 통해 어르신들과 선생님(이하 작가님을 요양보호사 선생님으로 표현.) 과의 따뜻한 이야기를 많은 분이 공감할 수 있도록 글을 써 주셔서 깊은 감사의 말씀을 드립니다.

「황혼의 소풍」을 읽으며, 선생님과 우리 센터 소속 어르신이 함께 지냈던 따뜻한 추억들이 한꺼번에 제 마음 깊숙이 다가왔습니다.

특히 우정호(가명) 어르신과 김우백(가명) 어르신은 우리 센터와 함께했던 분들로 이 책을 통해 읽어 보니 감회가 새롭고, 제겐 다시 한번 어려웠던 그 시간을 되새겨 보는 의미를 갖게 된 내용이었습니다.

코로나가 시작되던 2020년 1월 암사동에 첫 방문요양센터를 열고 우정호 어르신이 암사동 지역에서 1호 어르신으로 우리 센터와 첫 인연을 맺게 되었습니다. 어르신과 선생님, 센터와 어색한 첫 만남을 시작했던 그때가 선명히 기억납니다.

그중에서도 선생님과 어르신께서 함께 지내신 시간은 매우 특별한 의미가 있었습니다. 오랫동안 홀로 계셨던 우정호 어르신이 우울증과 외로움을 크게 느끼던 시기에 선생님의 헌신과 사랑이 없었다면 지금 웃음을 지으시는 모습의 어르신은 뵙지 못했을 것으로 생각합니다.

선생님은 어르신의 아픔과 기쁨을 함께 느끼고, 무엇보다도 따뜻한 말로 어르신의 생각에 공감해 주시며 그분들의 존엄성과 자존심을 지켜주셨습니다. 어르신들께서는 선생님과의 시간을 언제나 기다리셨고, 선생님께서 오시는 날이면 생기 있는 모습으로 항상 밝은 미소를 지으셨습니다. 선생님과 어르신이 함께 지낸 시간은 어르신들의 삶에 많은 변화가 있었으며, 충분히 큰 위안을 받았던 시간이었습니다.

이 수필집은 요양보호사 선생님들의 헌신과 사랑을 널리 알릴 소중한 기회로서, 김종억 선생님의 노고와 노력으로 어르신의 삶이 얼마나 풍요로워졌는지를 많은 독자가 읽고, 알게 되기를 바라는 마음입니다. 그리고 이 수필집에 담긴 이야기들을 읽는 독자들에겐 큰 감동을 줄 것이라고 믿어 의심치 않습니다.

다섯 번째 수필집을 넘어 열 번째 또는 그 이상의 책이 발간되길 기원하며, 많은 분께 그 따뜻한 마음이 전해지길 기원합니다. 또한 아직은 열악한 부분이 많은 업종인 요양보호사 선생님들의 삶이 더욱 존경받고 공감받을 수 있도록 널리 알려지길 바랍니다.

앞으로도 계속 많은 사람에게 희망과 위로를 전해 주시는 귀중한 작업을 이어가시기를 바라며, 건강과 행복이 항상 함께하시길 기원합니다.

함께 했던 시간이 있었음에 감사드리며, 앞으로도 모든 일에 건승하시고, 많은 분께 따뜻한 사랑 전해 주시길 바랍니다. 감사합니다.

일심방문요양센터 장계수 대표

목차

제1부
내 인생 내 지게에 지고
(김종억 요양보호사의 삶)

제2부
인생은 어디서 와서 어디로 흘러 가는걸까?

봄, 봄 / 윤해 김종억

"여보, 벚꽃비가 내려요"
"자식키우느라 그동안 수고많았소"

그리움 너머 넘실거리는 이팔청춘

피고지고 피고지고 아흔의 세월,
"여보 우리 손잡고 봄마중갈까?"

가을 맞이 / 운해 김종억

흰서리 내린 벌판, 코스모스 가슴 저미고
아흔 나이 추억 빚어 구슬에 꿰어도
보랏빛 청춘 서리서리 그리움만 쌓이네!

"여보, 가을 색 곱구려"
손잡고 하늘공원 산책하러 갈까?"

파킨슨 / 윤해 김종억

꼼짝달싹도 하지 않는 육신
마음은 이미 100m 앞을 달리고
온몸에 흐르는 전율

다리는 허공중에서 춤을 추다가
오월의 꽃잎처럼
핑그르르 돌아
사정없이 곤두박질친다

이마에 피어난
붉은 꽃

멍들어버린 육체 너머에
뻥 뚫린 마음만
천 길 낭떠러지로 떨어진다

누가 나를 등 떠밀었나!
세월인가
척박했던 삶의 발버둥이었나.

인공 신장투석실 1 / 윤해 김종억

붉은 병정들이 대열을 지어

힘차게 내달린다

몸속 곳곳을 탐방하며

악의 무리를 쳐부수고

의기양양하게 몸 밖으로 빠져나온다

째깍째깍!

초침이 길게 늘어지면

육신은 고통으로 일그러지고
축 늘어진 마음은
자유와 빛을 향해
황망하게 달려보지만
붉은 병정은 아직도
제 할 일이 남은 듯
의기양양하게 돌고 돈다

왜 이리도 시간이 걸쭉할까?

창밖의 햇살이 그리워진다.

인공 신장투석실 2 / 윤해 김종억

손·발은 꽁꽁 묶여
침대에 옹이로 박히고

축 늘어진 육신 속으로
꿈틀꿈틀 휘저으며 돌진하는
알 수 없는 악의 무리

밀려오는 고통, 유체이탈의
나른함에 빠지고
지친 몸은 무수히 붉은 창검에 찔려
흰 거품 토하며 속수무책 늘어진다

악의 공격은 몸 안팎에서
무수히 심장을 찔러대고

허물어진 마음
차라리 꿈이라면
좋을 것을

지루한 전쟁
언제쯤 끝날까?
이 고통.

중환자실 / 운해 김종억

핑음을 울리며 달리는
생명의 소리
생과 사를 넘나드는
가쁜 숨소리

왔다 갔다 이승과 저승
보였다 안보였다 천당과 지옥

바람 앞 촛불 되어
고통의 한가운데로 내달리며
내면으로 침착해 가는 순간들

까르르 웃다가
냠냠 맛있게 먹다가
또 슬프게 울다가
까딱까딱 배냇짓

지나간 한 생이
한꺼번에 투영되는 중환자실

제1부

내 인생 내 지게에 지고

제1장 내 인생 내 지게에 지고

연일 해풍海風이 삭정이 끝에 매달려 귀곡성鬼哭聲을 울려대던 겨울의 끝자락에서 살포시 찾아온 햇살은 솜사탕처럼 부드러웠다. 꿈에도 그리워하던 고향에 어설프게나마 둥지를 튼 지도 어느덧 7개월째로 접어들었다.

주말부부로 이어진 이중생활, 주말에 서울에 올라갔다가 월요일에 새벽 잠 몰아내며 잠실에서 통근버스를 타고 회사로 출근하는 생활도 이제는 자리가 잡혔는지 자연스러운 일과 중의 하나가 되어버렸다.

▓ 육십 중반에 불쑥 찾아온 불청객

친구의 추천으로 고향인 인천공항 물류 단지 내에 있는 '스태츠칩팩코리아'라는 반도체 생산 공장에 취직했다. 그날도 그렇게 하루가 시작되었다. 생산설비 제조 분야에서 주어진 일을 꼼꼼히 처리하고 점심을 먹기 위해 나왔다. 그날따라 구내식당에서는 먹음직스러운 돈가스가 식욕을 당기게 했다. 점심을 맛있게 먹고 오후 일과를 시작했는데, 메가진(반도체 생산 공정에서 필요한 자재)을 운반하기 위해 카트를 밀고 3층으로 향하던 중, 갑자기 왼쪽 다리가 휘청하고 힘이 빠졌다.

순간, "어! 이게 뭐지?" 혼잣말로 중얼거렸다.

느낌이 이상했다. 다리에 자꾸만 힘을 주어도 느낌이 예전 같지 않았다. "거참 이상하네?" 일하는 중간마다 계속해서 약간 불편한 다리를 스스로 점검해 보았지만 아무래도 전과 같지 않은 느낌에 내심 걱정스러웠다. 설상가상雪上加霜 오후 일과를 마칠 때쯤에는 왼쪽 팔마저 저릿저릿 저려 오고 왼쪽 안면은 미세한 불편함을 느껴야 했다. "점심때 구내식당에서 먹은 돈가스가 급체한 건 아닐까?" 혼자만의 생각을 하면서 일과를 마치고 퇴근했다.

최악의 컨디션에 피로감도 몰려와 저녁 식사도 거른 채, 집에 있던 상비약인 소화제를 먹고 잠자리에 들었다. 그렇게 그 밤이 흘러갔다. 아침에, 눈을 뜨자마자 팔다리를 움직여 보았는데, 별로 차도가 없었다. 간신히 몸을 추슬러 출근했다. 회사 로비에서 만난 직장 동료와 아침 인사를 나누던 중, "김형, 아까부터 유심히 보고 있었는데, 걸음걸이가 아무래도 이상한 것 같아. 가급적 빨리 병원을 가보는 게 좋을 것 같아요." 라는 얘기를 들었다. 순간 스치는 게 있어 인터넷 검색을 해보았다. '뇌경색'의 전조증상이 비슷하게 맞아떨어졌다. 일과는 시작되었고 생산라인에 들어가 책임 과장에게 상담했더니 촌각寸刻도 지체하지 말고 병원부터 가보라고 손사래를 친다. 순간 정신이 아득해졌다.

서울에 있는 아내에게 전화했더니 빨리 올라오라고 한다. 동네 병원에서 1차 진료기록을 발급받아 놓을 테니 지체하지 말고 무조건 빨리 올라오라고 성화다.

서울로 향하는 공항철도에 앉아 하염없이 차창 밖을 바라보니 올망졸망한 섬 사이로 바닷물이 밀려들어 오고 있었다. "나는 이제 어떻게 되는 것일까?" 한없이 복잡한 생각들이 머릿속을 점령하고 몸은 나른해지면서 수천 길 낭떠러지로 가라앉는 듯, 슬픔이 밀려오고 있었다.

■ 청천벽력 선고

삼성서울병원, 응급환자 외에는 예약이 안 된 당일 진료는 곤란하다고 했다. 긴박하게 자초지종을 털어놓고 아무래도 시간을 다투는 증세 같다고 설득한 끝에 진료 예약을 잡았다. 서울에 도착한 지 두어 시간 만에 진료 의사와 마주 앉게 되었다.

이때부터 상황이 긴박하게 돌아가기 시작했다. 시간을 다투어 뇌 MRI 촬영이 이어졌고 다음 날 결과 확인과 동시에 집중치료실 입원이 결정되었다. 병명은 '급성 뇌경색'이었다. 치료에 긴급을 다투는 시간 싸움이라고 한다. 불행 중 다행인 것은 뇌의 미세한 혈관 쪽에 경색이 발생하여 증상이 심하게 나타나지는 않았다고 했다. 24시간 밀착 케어하는 집중치료실은 그야말로 중환자실이었다. 내 발로 걸어 들어와 환자복으로 갈아입고 나니 영락없는 중환자가 되어버렸다.

6인실의 환자들은 대부분 뇌수술하고 옮겨진 환자들로 나이 많은 중증 환자가 대부분이었다. 드디어 나에게도 산소포화도 측정기가 손가락에 채워졌다. 귓전을 울리는 날카로운 기계음이 섬뜩하고 머리를 쭈뼛하게 만든다.

"내가 지금 무엇을 하고 있으며, 왜 이런 곳까지 와서 누워 있는 거지?"

병실 주위를 둘러보니 한없이 혼란스럽고 천 길 낭떠러지로 떨어지는 듯 심란하기 짝이 없었다. 주치의로부터 증상의 경, 중을 떠나 보다 빠른 회복을 위하여 이런 조처를 내렸다는 얘기를 듣고서야 그나마 다소 위안으로 삼는다.

■ 중환자실에서

피곤은 한데 잠이 잘 오지를 않았다. 밤새도록 생명줄과도 같은 산소포화도 측정기의 날카로운 기계음 소리가 병실 여기저기에서 울려 퍼지는 바람에 신경을 예민하게 자극했다. 환자들의 앓는 소리와 뒤척이는 소리, 시시각각 간호사들과 간병인들의 종종걸음 소리가 뒤섞여 밤새도록 잠을 이루지 못하고 뒤척이다가 새벽녘이 되어서야 피로에 지쳐 살포시 잠이 들었다. 입원 첫날의 밤이 지나갔다.

미세먼지가 가득한 서울의 전경이 17층 병실 창문을 통해 눈에 들어왔다. 봄 햇살이 도시에 퍼졌다. 한강 넘어 아차산과 멀리 북한산이 아스라이 눈에 들어온다. 성냥갑처럼 다닥다닥 붙은 아파트 군락들……. 쉴 새 없이 꼬리에 꼬리를 물고 달리는 차량들, 치열한 삶의 현장에서 사람들은 개미처럼 하루의 일과를 시작했다. 어제까지만 해도 그 대열에 섞여 있었는데… 미세먼지가 안개처럼 한강을 가로질러 널리 펴져 있었다. 나의 마음은 자전거를 타고 신나게 출, 퇴근하던 한강 강가에 미세먼지처럼 어른거렸다.

병실에서 처음으로 맞는 아침 식사 시간이 되었다. 바로 앞쪽 병상에는 콧줄로 음식물을 투입하는 어떤 환자가 있었는데, 40대 중반쯤으로 보이는 아들이 침대 옆에 간이의자를 놓고 어머니를 간호하고 있었다. 아침 식사 시간이 되자 아들은 피로에 지친 듯 초췌한 모습으로 어머니의 콧줄에 연신 죽을 넣어드리고 있었다. 그의 어머니는 이 상황을 아는지 모르는지 감정 표현 없이 초점 잃은 눈을 허공에 매단 채 미동도 하지 않고 누워 있었다.

정성껏 어머니를 간호하고 있는 초췌한 모습의 그 아들을 바라보면서 안타까운 마음이 샘솟듯 올라온다. 분명 세상의 모든 어머니는 자식을 낳고 기르면서 가장 맛있는 음식만을 먹여 주셨을 터인데, 자식은 어머니에게 겨우 한 줌의 죽을 호스에 밀어 넣어 주고 있을 뿐이었다. 병간호에 초췌해진 아들은 혼잣말을 중얼거렸다.

"어머니 죄송해요. 제가 해드릴 수 있는 게 이거밖에 없어요. 이거라도 맛있게 드세요." 귓전으로 스치는 그 소리에 마음이 짠했다.

호스로 밥 대신 죽을 넣어드려도 무감각하게 가끔 눈만 껌뻑이는 그분은 생과 사의 갈림길에서 얼마나 힘든 싸움을 하고 있을까? 남아있는 자식들이 해드릴 수 있는 것이 그것밖에 없다고 생각하니 허무하기 그지없었다. 불과 2년 전에 103세의 일기를 끝으로 돌아가신 내 어머니가 떠올라 가슴속이 알싸해졌다. 그리 오랜 시간은 아니지만, 어머니도 콧줄을 끼고 어려운 시간을 버티시다가 결국은 돌아가셨다.

그렇게 아침 식사 시간도 흘러갔다. 17층의 전망 좋은 병실 통유리를 통해 밖을 내다보니 분주한 도시의 풍경이 한눈에 들어온다. 봄비가 내리고 있었다. 긴 가뭄 끝에 봄을 재촉하는 봄비가 촉촉하게 대지를 적셔주니 도시에도 생동감이 넘쳐흘렀다.

■ 두 번째 날 한밤중에 일어난 소동

중환자실의 하루는 맨정신으로는 견디기 어려운 상황이 시시각각 이어졌다. 중환자들의 배변 처치로 인해 입원실 내에는 언제나 퀴퀴한 냄새가 진동했다. 환자들의 앓는 소리와 잠꼬대 소리, 시시각각 환자들의 상태를 체크하는 간호사들의 종종걸음 소리와 검사를 위해 뻔질나게 이동하는 환자들로 어수선했다. 생명을 재촉하는 기계음 소리 등이 가뜩이나 신경이 예민한 나에게는 견디기 쉽지 않았다. 그런데, 두 번째 날부터 이상하리만치 차분하게 적응이 되어가는 나를 발견했다. 두 번째 날에는 안정된 마음으로 잠자리에 들었다. 물론 긴박했던 상황으로 피로가 한꺼번에 밀려온 탓도 있겠지만 중환자실의 환경에 빠르게 동화되어 가는 내가 신기했다. 깊은 잠 속에 빠져 있는데, 아련하게 들려오는 소란스러움에 눈을 떴다. 같은 방 남성 환자의 하소연인지 짜증 섞인 목소리가 지속적으로 이어졌다. 환자의 끊임없이 투덜대는 목소리는 마치 만취한 술주정뱅이의 공허한 술주정처럼 이어졌다.

"야, 내가 왜 여기에 있어야 하지? 의사 오라고 해! 빨리 오지 않으면 내가 쫓아간다." 누구에게인지 명령조로 투덜거렸다.

마치 투정 부리는 아이 달래듯 한 여인이 계속해서 대꾸를 해주고 있었다. 작은 소란에 몸은 일으키지 않았지만, 모든 신경이 그쪽으로 쏠렸다. "도대체 저 사람은 누구이기에 이 한밤중에 소란일까?"

새벽까지 이어진 소란에 잠을 설치고 말았다. 다음 날, 간호사에게 슬며시 어젯밤 일을 물었다.

"아! 그분 때문에 잠을 설치셨군요? 그분은 아주 유명한 외과 의사인데요. 자신에게 닥친 병마 때문에 화를 삭이지 못하고 매일 밤 그러신답니다."

늘 환자의 수술을 담당하던 그 사람이 자신에게 닥친 불행을 받아들이지 못한다는 것이다. 한 치 앞도 내다보지 못하는 것이 인생이라더니 참으로 아이러니한 일들을 병실 가장 가까운 곳에서 목격하고 있었다.

■ 뜬구름 같은 인생

상처로 가득했던 지난겨울의 긴 터널을 지나 칙칙하고 얼룩진 도시의 한 가운데로 봄비가 내린다. 봄비는 밤새도록 창문을 두드린다. 피아노 건반 위에서 섬섬옥수 춤을 추듯, 리듬을 타고 밤새도록 연주한다. 초대하지도 않았는데, 불쑥 4월은 다가왔고 어김없이 다가온 계절과 함께 봄은 찬란하게 꽃잎을 피워내고 있었다.

봄물이 연두색 이파리를 피워내던 3월의 어느 날, 그렇게 불쑥 찾아온 병마로 인해 내 삶의 나침반이 전혀 새로운 방향으로 움직이고 있었다. 육십 중반을 굽이굽이 넘어가던 나에게 불현듯 찾아온 병마는 내 삶의 모든 계획을 원점에서 재검토해야 하는 상황으로 돌변했다. 인생은 어디에서 와서 어디로 흘러가고 있는 것일까? 허虛한 마음 한쪽에 삶의 본질적인 문제들이 주마등처럼 스쳐 지나가고 있었다. 중환자실에서는 꺼져가는 생명의 불꽃을 피워내려는 안타까운 기계음들과 초 침 소리만 가슴을 후빈다. 나는 지금 어디에 서 있는 것일까? 사유思惟의 골짜기를 지나 상상의 나래는 봄비를 타고 하늘을 오르내리고 있었다.

비록 3일간의 중환자실 입원이었지만 치열한 생명과의 투쟁을 멈추지는 않았다. 뇌 MRA 촬영과 심장 MRI 촬영 등, 쉴 새 없이 이어지는 검사는 서서히 나를 지치게 했다.

며칠 후, 짧지만 긴박했던 시간을 뒤로 하고 난 병실 문을 빠져나와 개나리 흐드러지게 피어있는 내 삶의 터전으로 돌아왔다. "아! 이 신선한 공기…"

세상이 달라 보이고 모든 게 감사했다. 이제부터 시작이다. 그윽한 봄밤의 노곤한 기지개를 켜며 진달래 동산에서 멋들어진 봄을 만끽하고 싶다.

■ 인생은 예측할 수 없는 방향으로 흘러가고

초유의 뇌경색 발병으로 엉망진창이 되어 버린 생활이 어느덧 20여 일째로 흘러갔다. 긴박하게 3일간의 입원 생활을 거쳐 약물치료와 운동 처방 등 병원에서 처방해 준 대로 착실하게 시행하고 있으나 마음처럼 후유증이 호전되지는 않는다. 그래서 더 초조하기도 하거니와 우울한 감정이 문득문득 들었다. 우울감이 심장 한곳을 삐죽 후비고 나오는 날은 자다가도 벌떡 일어나곤 한다.

그럼에도 불구하고 주치의의 적극적인 권유로 회사에 냈던 사직서를 슬그머니 거두어들이고 회사로 복직했다. 일터에서 사람들과 어울려 예전의 모습으로 살아가는 것이 오히려 치료에 도움이 된다는 주치의의 말에 긍정했다. 그나마 다행인 것은 병원으로 가는 날, 불쑥 내밀었던 사직서를 회사에서 검사 결과를 보고 처리하겠다는 책임자의 배려 덕분에 사직 처리가 안 된 상태였다. 나의 존재감을 인정해 준 배려로 인해 복직이라는 명분을 얻게 되었다.

표면상으로는 평범한 생활로 돌아왔으나 내적으로는 아직도 후유증에 시달리면서 마음은 황량한 벌판에 서 있었다.

매주 토요일은 회사의 통근버스가 운행되지 않기에 각자 알아서 출근해야 한다. 평소에 가끔 운동 삼아 자전거를 타고 출, 퇴근을 해왔는데, 급성 뇌경색을 앓고 난 후에는 회복을 위하여 적극적으로 자전거 출근을 하고 있다. 오늘도 자전거를 타고 출근길에 올랐다. 미세한 황사가 봄 햇살을 타고 자전거길을 물들였지만, 연녹색의 녹음이 백운산 자락에 퍼져있어 한결 마음이 밝아졌다. 40여 분을 달려 회사에 도착하니 어느새 이마에는 땀방울이 송골송골 맺혀 마음만은 한없이 상쾌하고 밝았다. 회사에 도착하여 방진복으로 갈아입고 반도체 생산라인으로 들어갔다. 급성 뇌경색이 경미하다고는 하나 아직도 그 후유증으로 가끔 내 마음을 우울하게 만들고 있었다.

▦ 뜨겁게 흘러내리는 눈물

일상으로 돌아온 나에게 신체적, 정신적으로 적지 않은 변화가 찾아왔다. 온몸이 나른하고, 예기치 않던 만성피로가 엄습해 오면 작업하는 중간마다 쉬어야만 했다. 후유증으로 인해 좌측 하지下肢에 버티는 힘이 약해지니 걸음걸이도 자연스럽지 못하다. 어쩌다 앉게 되면 스르르 눈이 감기고 병아리 졸듯이 꾸벅거리기 일쑤다. 무엇보다도 집중력이 떨어져 생각은 있으나 몸이 마음대로 따라주지 않으니, 매사에 의욕이 떨어지곤 한다.

가장 견디기 힘든 부분은 좌측 손의 마비증세로 인해 아직도 얼얼하고 손가락마다 미세한 세포조직이 정상적이지 않아 컴퓨터 자판 두드리기가 순조롭지 못하다. '브라보마이라이프' 월간 잡지사 기자로 활동하며 글을 쓰는 나로서는 무척이나 슬프고 실망스러운 일상이었다. 무릇 창작이 머릿속을 맴돌아도 활자화하는 과정에서 반복되는 에러로 인해 이내 작업을 멈추곤 한다.

　슬펐다. 내면으로부터 복받치는 서러움이 꾸역꾸역 목젖을 타고 올라온다. 언제까지 이런 상태로 살아야 하나? 엉망이 되어 버린 삶의 궤적을 떠올리니 참으로 억울한 생각에 우울감이 가슴까지 차올라 슬픔이 꾸역꾸역 올라온다. 급기야 소리 없이 뜨겁게 흘러내리는 두 줄기 눈물로 변했고 감정은 깊은 골짜기를 타고 내려가 목 놓아 울게 만들었다. 잠시 일손을 놓고 나만의 감정에 복받쳐 오르는 슬픔을 억제하지 못한 채 목 놓아 울기 시작했다. 울음소리는 시끄러운 기계 소음에 묻혀버렸지만 그래서 더욱더 소리 내어 서럽게 울어버렸다. 혹시라도 누가 볼세라 출입문 쪽을 두리번거렸지만 한번 터진 서러움은 굵고 진하게 가슴속의 모든 것을 토해 버리고 말았다. 내가 이렇게 소리까지 내면서 슬프게 울어본 것은 아마도 철나고, 처음인지도 모르겠다. 내면에 쌓여있던 찌꺼기들을 토해 버리고 난 후에도 가슴속은 개운함보다는 아직도 화끈거리고 얼얼하기만 하다.

■ 다시 일상으로

퇴근을 했다. 컴퓨터를 켜고 다시 한번 더 글쓰기를 시도했다. 어눌해진 왼쪽 손가락, 잠시 마음을 가라앉히고 손바닥을 들여다보았다. 그동안 얼마나 나를 위해 수고를 많이 해주었던가! "고마운지도 모른 채 마구 혹사시켰는데, 관리조차 소홀히 하여 결국은 너를 이렇게 만들었구나." 생각할수록 미안하고 고맙고 감사했다.

다시 천천히 자판을 두드려 본다. 비록 속도는 늦지만 한 자, 한 자 정확하게 의도하는 대로 글자가 만들어져 나갔다. 다만 속도가 문제였다. 속도는 늦지만, 아직도 나를 위해 정확하게 움직여 주는 나의 손, 이 순간도 최선을 다해주는 나의 그 다섯 손가락! 무엇이 문제란 말인가? 예전을 떠올리면서 불평하고 슬퍼하는 나의 이기심이 문제가 아닐까? 컴퓨터 자판과 씨름하며 늦은 시간까지 잡지사에 보낼 원고 한편을 완성해 놓고 나니 그나마 마음이 개운했다.

이제는 진실로 내려놓아야 할 때인 듯싶다. 인생의 굴곡진 삶을 그대로 받아들이고 살아야 한다는 마음의 소리가 아우성을 친다.

"그래, 이제는 모든 것을 내려놓아야 하겠다. 그 알량한 자존심도 가슴 깊이 묻어 버리고 이제는 보이는 그대로의 나를 사랑하고 드러내 보이는 삶을 살아야겠다." 독백처럼 중얼거린다.

2017 . 4 . 22 .(토)

▥ 3개월 후

회사에 복직한 후, 3개월이 지났다. 어느 날, 나는 미련 없이 사직서 한 장을 들고 사무실로 찾아갔다. 그렇지 않아도 투병하면서 회사 생활을 이어가든 나를 꼼꼼히 지켜보든 책임자는 무한 아쉬움을 드러냈다. 진심이 배어 있는 말 한마디에 나는 모든 것을 가볍게 내려놓을 수 있었다. "선생님, 언제든지 몸이 좋아지면 다시 오세요"라는 인사까지 잊지 않는 그 상사가 무한 고마웠다.

나의 속사정을 잘 모르는 몇몇 회사 동료들은 이별의 아쉬움을 두고두고 토로했다. 출근길에 함께 희망을 속삭이던 시간과 점심시간을 쪼개어 회사 뒤뜰을 산책하며 나누었던 정감 어린 대화들이 주마등처럼 스쳐 지나가는 순간들이다.

사직서를 낸 진짜 이유는 나의 몸 상태가 뇌경색 발병 이전의 상태로 돌아가지 않는다는 사실 때문이다. 분명 담당 주치의는 그리 길지 않은 시간에 회복이 될 것으로 내다보면서 나에게 희망을 심어주었는데, 실상은 그렇지 않았던 것들이 더욱 나를 실망하게 한 이유가 됐다. 처음부터 정확한 증상에 대한 설명과 치료 방법을 제시해 주었다면 나는 심사숙고와 긴 호흡으로 투병 생활을 했을 수도 있었다.

아쉬워하기는 고향 친구들도 마찬가지였다. 오십여 년 만의 귀향으로 구심점이 되어 저녁이면 늘 모여서 옛정을 나누던 친구들이었다. 당구치고 바둑 두고 저녁 먹으면서 반주 한 잔으로 옛 시절로 돌아가던 그 시간은 그저 꿈결 같기만 했다.

쉬는 날이면 고향의 뒷산인 백운산 등산을 하거나 주위에 있는 올망졸망 섬 트레킹을 하면서 우정을 다졌다. 귀향歸鄉의 바람대로 초가삼간 집을 짓고 정착하여 나머지 삶을 고향에서 친구들과 함께하기로 한 약속을 지킬 것으로 믿었던 친구들이었기에 아쉬움은 더욱 컸다.

그중에서 제일 아쉬움이 컸던 것은 나 자신이었다. 양지바른 곳에 집을 지으려고 집터도 준비해 놓았다. 그곳에 집을 짓고 시도 쓰고 수필도 쓰면서 작품활동을 계획했다. 시간이 나면 카메라 메고 나날이 변해가는 고향의 이곳저곳을 사진으로 담고 싶었다. 햇볕이 좋은 창가에 앉아 먹을 갈아 붓글씨를 쓰면서 묵향에 취해보고 싶었다.

정든 고향을 둥지고, 다시 서울로 올라오는 발걸음이 무거웠다. 서둘러 방을 내놓고 짐을 싸서 미련을 버리고 떠나던 날은 가슴속이 먹먹했다. 하지만 아직 인생을 포기하기에는 너무 시간이 길었다. 그러니 다시 한번 도약하기 위한 시간이 필요했다.

■ 다시 힘차게 세상 속으로

내 삶은 내가 지켜나간다. 갑자기 처한 내 처지가 안타깝다고 동정을 받을 순 있으나 누구도 내 삶을 대신 살아줄 수는 없다. 주어진 처지가 어렵다고 그냥 손 놓고 앉아 있을 수만은 더더욱 없었다.

우선은 망가진 건강이 더 이상 나빠지지 않도록 근본적인 상태 파악을 하고 그에 따른 조치를 하여야 한다는 생각에 용하다는 한의원을 찾았다. 성남에 있는 묘향산 한의원의 박수현 원장과는 우연한 기회에 인연을 맺고 있었는데, 잠시 잊고 살다가 기억해 냈다. 양방과 한방을 병행해서 집중 치료를 해보겠다는 생각에서였다. 매스컴에도 종종 소개되었던 탈북한의사 1호인 박수현 한의사는 그 어려운 가운데서도 가족들을 모두 데리고 나왔다. 그중에 동생 둘도 역시 한의사 자격증 공부를 시켜 삼 형제 한의사로도 유명하다.

한창 젊은 시절, 건강한 상태로 알고 지내다가 어느 날 갑자기 불편한 몸으로 찾는다는 것이 사실 용기가 필요했다. 나의 수필집 두 권을 들고 물어물어 찾아갔다. 의외의 방문에 깜짝 놀라며 반갑게 맞아주는 박 원장이 고맙기도 하거니와 그에게 나의 치료를 맡긴다는 것이 무던히 믿음이 갔다.

그렇게 시작된 양, 한방의 치료는 3개월 이상 이어졌다. 애초에 발병 후 6개월이 지난 후에 상태를 확인하기로 삼성의료원 측과 예약이 잡혀있었다. 그날이 2017년 9월 6일이었다.

삼성의료원에 내원하여 MRI를 다시 찍고 결과를 기다리는 중이다. 돌이켜 생각해 보니 6개월이라는 시간이 마치 몇십 년을 흘려보낸 듯한 느낌으로 다가왔다. 나름대로 최선을 다해서 몸을 추스르려고 노력을 했으나 몸으로 직접 느끼는 증상은 큰 차도를 보이지 않는 것 같았다. 실망과 걱정이 앞섰지만 그래도 의학적으로 정확히 판단을 받아보기로 한 것이다.

결과는 좋았다. 의학적으로는 거의 완치에 가깝다는 정종원 주치의의 MRI

판독 결과를 들었다. 뇌경색 판정을 받은 환자가 이렇게 좋은 결과를 예측하기는 전혀 쉽지 않은 상황이라고 하면서, 의외로 좋은 예후를 보인다는 것이다. 뇌경색이란 일반적으로 뇌동맥이 혈전 등에 의해서 막히면서 어느 순간 갑자기 뇌신경 마비의 증상이 나타나는 것이다.

그로부터 나는 모든 것을 정상적으로 생각하기 시작했다. 현직 기자로서 글을 써서 잡지사에 기고하는 일도 다시 시작했으며, 오히려 더욱 열심히 글을 썼다. 카메라를 메고 가고 싶은 곳을 찾아다니며 사진을 찍었다. 6월의 한가운데에서 백두산 천지에 올라 안개 바다를 바라보며 덜덜 떨다가 한순간 말갛게 얼굴을 드러내는 천지의 모습을 보고 전율을 느꼈다. 수없이 카메라 셔터를 눌러댔다. 선조들의 발자취를 따라 압록강과 해란강, 용정을 거쳐 두만강까지 올라가면서 사진과 글을 써서 잡지사에 기고했다. 서해 5도 중에 소청과 대청도를 1박 2일 투어로 돌며 멋진 사진을 찍고 글을 썼다.

2019년도에는 지리산 4박 5일 종주 산행을 이어갔다. 죽을힘을 다해 이어가던 종주 산행은 나에게 무한 자신감을 심어주었다. 지리산 종주기를 써서 월간브라보마이라이프 잡지사에 기고하였고 한국 문학신문에도 몇 회에 걸쳐 연속 게재하였다.

운동도 꾸준히 하고 있으며 특히 요즘 시니어들 사이에 인기가 많은 당구의 매력에 푹 빠졌다. 송파구 당구연맹의 홍보위원장을 맡아 열심히 온라인 카페 운영을 책임지고 있다. 그 와중에 시문학에 등단했다. 그것을 계기로 한국문학신문 이사장의 요청으로 사진부장이라는 직함을 얻어 각종 행사에 사진을 찍기 시작했다. 올해 1월에는 제주 라이온스클럽 회장으로 있는 부태식 시인의 초청으로 2박 3일 제주 투어를 했다. 그리고 7월 14일부터 2박 3일로 제주도로 문학기행을 떠났다. 한라산 백록담을 오르던 그 어려운 시간에도 무거운 카메라를 메고 앞, 뒤를 종횡무진 누비며 문인들의 사진을 찍어주면서 신문 기사를 썼다. 대한민국의 최남단 섬인 마라도를 향하는 여객선 선상에서 바라본 하늘과 땅이 맞닿은 평화로운 풍경에 도취되어 시 한 수를 읊조리던 일들이 주마등처럼 스쳐 지나간다.

마라도

물결 이랑마다 은빛 비늘을 달고
목초지 찾아 얼룩말처럼 떼 지어
짙푸른 태평양으로 내달리고

바다를 오가던 어부들에게
사랑을 베풀어 준 진초록 세상
절벽 끝에 서 있는 등대 하나

가파도가 형제처럼 손짓할 때
마라도는 한 점으로 다가오듯
제 그림자를 멀리 드리우는데

하늘과 바다가 맞닿은 수평선
마라도 등대는 고고한 자태로
갈매기 사연을 지키고 있구나.

그 이후, 지인의 권유로 일상생활이 어려운 노인들을 위해 도움 서비스를 전문적으로 제공하는 요양보호사 자격증 공부를 시작했다. 천호동에 있는 학원에 1개월 속성반으로 등록하여 속전속결로 자격증을 따고 바로 취업에도 성공했다. 일주일에 3번씩 집으로 찾아가서 돌보는 역할을 하고 있는데, 대부분 만나는 환자가 뇌경색으로 인한 반신마비 환자들이다. 그들의 모습을 보면서 뇌경색 발병으로 허둥대던 나의 모습을 떠올리곤 한다. 같은 상황에 부닥쳤던 나이지만 지금은 그들을 돌보는 처지가 되었으니, 이보다 더 감사할 때가 어디 있으랴!

인생은 언제 어떻게 되는지 아무도 장담할 수 없다. 건강이라면 자신하던 내가 어느 날 갑자기 찾아온 병마로 허둥대던 그 시간을 난 논리적으로 이해할 수가 없지만, 인생은 내가 예측하지 않는 방향으로 꾸준히 흘러가고 있다는 것이다. 그래서 더욱 열심히 살아야겠다고 생각한다. 매사에 선의를 가지고 열심히 살다 보면 언젠가는 좀 더 알찬 인생의 열매를 맺을 수 있지 않을까 하는 희망을 품어본다.

제2장 아름다운 노년을 위하여 할 일은 아직 많다

61세에 정년퇴직을 했다. 43년이라는 긴 세월을 한결같이 직장에 몸담아왔던 나에게 '정년퇴직' 이라는 단어는 문득 낯설게 다가오면서도 한편 홀가분했다. 길고 지루했던 그 세월에서 해방된다는 느낌은 아쉬움 너머의 설렘에 무게가 더 실렸다. 그동안 직장생활로 인해 못했던 취미활동도 시작하고 구속된 시간에서 벗어나 마음껏 자유를 누리고 싶다는 생각이 설렘을 부추겼다.

그렇게 1년이 훅~지나가 버렸다. 그런데, 시간이 갈수록 알 수 없는 공허함이 점차 마음속에서 자리를 넓혀갔다. 삶의 현장에서 살짝 비켜 앉았다는 느낌은 마음 한구석이 뻥 뚫린 듯한 소외감과 허전함으로 다가왔다. 아직도 충분히 잘할 수 있는 능력과 건강이 있는 데 그냥 시간을 허비하기에는 너무 아쉽다는 생각이 들기 시작했다.

퇴직 후, 채 1년도 못 견디고 각별한 지인을 만날 때마다 일 타령을 했지만, 정년퇴직한 시니어가 일자리를 구하는 일은 만만치가 않았다. 더구나 사회 전체에 '고용절벽' 이라는 단어가 단골 메뉴로 등장했다. 청년실업이 늘어나자, 시니어들의 설 자리는 더욱 좁아졌다. 사회 곳곳에 비정규직 노동자가 가쁜 숨을 몰아쉬며 열악한 근무 환경에서 아슬아슬하게 버티어 낸다. 특히 시니어들에게는 이마저도 기회가 보장되지 않은 채, 이리저리 눈치만을 볼 수밖에 없었다.

고민하던 중에 과감하게 발상의 전환을 하기 시작했다. 시니어가 당당하게 할 수 있는 일이 무엇일까? 우리 사회가 100세 시대를 맞이하여 고령화 사회를 지나 머지않아 초고령사회로 진입을 앞두고 있다. 고령 사회로 접어들면서 노인에 대한 새로운 패러다임이 필요하였다. 국민의 평균 수명이 늘어나면서 장기 요양이 필요한 인구가 급속도로 빨라지고 있는 추세이다. 이들을 케어할 인력이 갈수록 필요할 것이라는 생각에 포커스를 맞추다 보니 '요양보호사' 라는 직업이 있다는 것을 알게 되었다.

시니어가 당당하게 일할 수 있는 방법이 무엇일까? 2018년 6월에 학원에 등록하고 자격증 공부를 시작했다. 일단 자격을 갖추어 놓기로 하였다. 공부를 시작하여 삼복더위가 기승을 부리던 여름의 한가운데에서 당당하게 국가고시 시험에 합격하여 요양사 자격증을 확보했다. 그리고 운 좋게도 즉시 취업하게 되었다.

나는 자격증을 따자마자 8월 말부터 아리아케어의 부름을 받게 되었다. 처음에는 뇌졸중으로 요양보호 4등급을 받은 남자 어르신을 하루 3시간씩 집으로 방문하여 보살피는 '방문케어' 일을 시작했다. 요양보호 4등급은 경증 장애인이다. 심신의 기능 상태 장애로 인해 일상생활에서 부분적으로 다른 사람의 도움을 필요로 한다. 사실, 대상자와는 나이로 치자면

별반 크게 차이가 나지 않는 처지지만 불의의 병마로 인해 노노老老케어를 주고, 받는 입장이 되고 말았다.

장애로 인해 주로 집 안에서만 생활해야 하는 대상자의 가장 큰 어려움은 외부와 단절된 삶으로 인해 찾아오는 외로움이었다. 그들의 지나온 삶을 들어주고 긍정해 주면서 마음의 상처를 어루만져 주다 보니 어느새 정도 들고 의지하는 사이가 되어갔다.

그렇게 3개월이 지난 후에 또 한 사람이 등급을 받아 나에게 케어를 요청해왔다. 우연히 처음에 케어하던 어르신 집에 휠체어를 타고 놀러 왔던 분이 요양보호 4등급을 받고는 센터에 나를 요청해 왔다. 내가 보살피는 모습이 무척 인상적이고 좋아 보여 나를 선택하였다고 하였다. 요즘은 오전 오후로 나누어 하루 3시간씩 재가 서비스를 나가고 있다. 어떻게 하면 그분들에게 맞는 맞춤형 서비스를 할까 늘 생각을 하면서 그들에게 다가가 진정한 도움이 되는 케어를 다짐하고 있다.

시니어가 배워야 할 것은 바로 자신을 내려놓고 사회와 소통하려는 마음가짐이다. 지금까지 무한 경쟁 환경에만 익숙해져 있어 협업을 갑자기 배우기가 쉽지는 않겠지만 사회의 어른으로서 나눠준다는 차원에서 생각만 좀 바꾼다면 그렇게 어렵지 않을 거라는 희망도 가져 본다.

'요양보호사'라는 직업은 4차 산업 시대에 없어지는 직업군 48%에 속하는 것이 아니라 살아남는 직업군 52%에 속하는 직업으로 갈수록 매력이 있는 직업임에는 틀림이 없다. 매슬로(Abraham H Maslow)의 욕구 5단계 중 가장 상위에 속해있는 '자아실현의 욕구'에 부합한다는 의미에서도 '요양보호사'라는 국가자격증에 도전하여 새로운 인생의 기회를 얻었으면 좋겠다는 생각을 해본다.

누구나 나이를 들면 외로움, 질병, 늙음, 죽음에서 벗어날 수 없다. 젊어서부터 잘살아서 건강을 지키며 살아가야 병들어 고통받지 않는 삶을 살아갈 수 있다. 하지만 누구나 그렇게 잘 살 수는 없지 않은가? 질병과 외로움으로 고통받는 사람들 한가운데에 서서 열심히 일하고 있다는 생각에 가끔은 뿌듯한 행복감을 느낄 수 있어 좋다.

제3장 안심과 희망을 주는 케어서비스 KB골든라이프케어 위례 빌리지

<국민이 모두 행복한 노후를 보장하는 사회>

■ 노인 문제 이대로 괜찮은 걸까?

현대 산업사회의 특징이라 할 수 있는 도시화, 핵가족화 및 인구 고령화에 따른 노인 문제는 이제 개인과 가족의 차원을 넘어 사회와 국가 차원에서 다루어져야 하는 사회문제이다. 사회복지가 널리 인간의 복지를 추구하는 사회적 노력이라고 볼 때, 노인복지는 많은 사회문제 가운데 특히 노인에게 일어나는 문제를 해결하고 예방하여 노인의 복지를 이룩하려는 사회적 노력이다.

KB 골든라이프케어 위례 빌리자는 서울시 송파구 장지동에 건설 중인 위례신도시 안에 위치한 도심형 요양원이다. 2019년도 3월 8일에 오픈한 요양원은 최신식 건물에 총 130베드를 갖추고 있으며 이제 불과 1개월 정도 지난 시점에 60여 분이 입주하여 약 46%의 입주율을 보인다.

'KB 골든라이프케어'의 목표는 보살핌이 필요한 어르신과 그 보호자에게 안심, 신뢰, 희망을 드리는 것이라고 했다.

■ **고령화 사회에 대응하기 위해 출발한 KB 골든라이프케어는 한국적 인간중심케어에 기반을 두어 인간중심케어 모델을 지향한다고 했는데, 어떤 점이 인간중심 케어 모델인가?**

'KB 골든라이프케어' 원장(54세)은 아래와 같이 자신 있게 털어놓았다. 인간중심 케어 모델이란 첫째, 어르신이 존엄성을 유지하면서 자신답게 생활할 수 있도록 존중하고 지원함은 물론 어르신의 자기 결정권과 선택권을 최대한 존중한다. 둘째, 각 분야의 전문가들이 팀을 구성하여 이론과 근거에 기반을 둔「전문적인 캐어」서비스를 하고, 셋째, 대상자 한 분 한 분을 위한「맞춤케어」서비스하며 넷째, 최고의 캐어 서비스를 제공하기 위해 안전하고, 편안하고, 깨끗한 환경을 항상 유지한다고 한다.

■ **'KB 골든라이프케어' 빌리지 요양원이 일반 요양원과 차별화된 점은 무엇인가?**

대상자가 집에서는 각자만의 라이프스타일이 있지만 시설에 오면 시설에서 제공하는 시간에 맞추어 생활하게 된다. 내가 자고 싶을 때 끝까지 못 자는 것, 일어나고 싶지 않을 때, 미리 깨우는 것 등 요양원의 시스템에 맞추어 어르신을 케어하는 것이 아니라 어르신 한 분 한 분의 라이프스타일에 맞추어 케어를 한다는 것이 KB 골든라이프케어의 생각이다. 그리고 프로그램의 다양화를 꾀하여 어르신들이 자신의 취향에 맞는 프로그램에 참여시킴으로써 맞춤형 돌봄에 초점을 맞추는 것이라고 했다.

▥ 시설 설치의 차별화

시설 배치의 컨셉은 가정과 같은 분위기를 만드는 것이다. 일단 집 안으로 들어가면 거실이 보이고 그다음에 방이 보이도록 배치했다. 130개의 침대를 8개의 유닛으로 나누어서 '희망채, 행복채' '소망채' 등 친근감이 가는 8개의 이름을 붙였다. 요양보호사는 근무지 변경을 하지 않고 유닛별 전담제를 시행함으로써 가족적인 분위기를 자연스럽게 만들었다. 일반 요양원과 차이가 나는 점은 소규모 유닛을 만들어 관리한다는 것이다. 친환경소재를 이용해서 가구나 시설을 설치하였고 특히 건물 전체를 아우르는 공조기를 설치하여 실내 공기 질을 향상시킨 것은 'KB 골든라이프케어' 빌리지 만의 장점이라고 할 수 있다.

■ 서비스 부분의 차별화

간호 인력의 365일 24시간 대기하면서 돌볼 수 있도록 간호 및 의료서비스의 질을 강화했다. 물리치료 및 작업치료는 100명당 1명이 기준인데, '**KB 골든라이프케어**'에서는 3명의 물리치료사가 근무하면서 물리치료를 강화하고 있다. 취미활동 및 여가 프로그램을 운영하는 사회복지사도 100명당 1명이 기준임과 비교해 3명을 운영함으로써 프로그램 운영에도 더욱 세심한 신경을 썼다.

본인의 상태나 식성에 맞추어서 조리하여 맞춤형 음식을 제공함으로써 삶의 질을 높이는 데 중점을 두었으며 이미 입소해서 생활하는 어르신들의 만족감을 얻어내고 있다. 특히 유닛 내에서 직접 밥을 지어 제공함으로써 최대한 가정과 같은 분위기를 조성하고 있다.

여가 프로그램을 다양하게 구성하고 전문적인 지식을 갖춘 외부 강사를 초빙하고 있다. 모든 입소자를 한곳에 모아놓고 프로그램을 진행하는 것이 아니라 유닛별 맞춤형 프로그램을 진행함으로써 입소자들의 만족도를 높이고 있다.

어르신들의 생활관을 돌아보던 중, 햇볕이 따스하게 비추는 창가에 앉아 책을 읽고 계시는 어르신을 만났다. 즉석 인터뷰 요청을 했더니 주저하시면서도 흔쾌히 응해주셨다.

"어르신 이곳에서의 생활이 어떠신지요?"

"사람들이 친절하고 음식도 정갈하게 입맛에 맞는 것은 물론 잠자리도 편해요"

"혹시 외롭지는 않으세요?"

"솔직히 가끔 그런 생각은 하지만 가까운 곳에 딸이 살고 있어 하루나 이틀꼴로 찾아오니 그다지 외롭다는 생각은 하지 않아요."

"또 조용한 분위기에서 책도 읽을 수 있고 신문도 읽을 수 있으니 이만 하면 행복하지 않은가요?"

오히려 역질문하는 어르신에게서 평화로움을 엿볼 수 있었다. 당신의 자서전에 사인까지 해서 기어코 한 권을 선물로 주시는 어르신에게 감사함을 느끼면서 자리를 떴다.

다음 유닛에서 부부가 함께 입소한 87세의 남성 어르신을 만났다. 시설에서의 생활이 불편한 점이 없는지 여쭈어보았다. 시설은 좋은데, 입소자 간에 서로 소통하기가 어렵다고 하셨다. 사람마다 불편함에 대한 차이, 식단에 대한 차이 건강에 대한 차이 등, 생각하는 차이가 있어 소통이 어렵다고 했다. 당연히 그럴 만도 했지만 이제 1개월밖에 안 됐으니 더 노력을 해보겠다는 얘기를 들으면서 자리를 떴다.

각 유닛의 거실에는 케어스테이션이 있어 어르신들이 불편함이 없도록 늘 요양사가 대기하고 있었다. 그중에 한 요양사에게 인터뷰를 요청했다. 황선복(59세) 요양사는 요양원의 방침대로 맞춤형 1:1 케어를 목표로 열심히 근무하고 있다고 했다.

"요양사님들의 근무 여건이 어떠신지요?"

"물론 요양사들의 일 자체가 쉽지는 않지요. 하지만, 봉사 정신과 사명감으로 최선을 다해서 근무합니다."

■ 향후 한국의 노인요양시설이 어떤 방향으로 발전해 나가야 한다고 보나?

'노후'라는 시간은 누구에게나 미구에 다가올 미래이기에 요양시설이 혐오시설이 아닌 지역과 같이 가야 하는 시설로 인식했으면 좋겠다. 지역주민들이 기피 시설이 아닌 더불어 살아가는 공간으로 인식하고 어떤 곳이든지 요양시설 설치에 대해 반대하지 않는다면 주민들과 함께 갈 수 있는 좋은 공간으로 거듭날 수 있으리라 확신한다. 일본의 경우는 동네마다 요양시설, 주간 돌봄 센터, 실버타운 등이 있어 언제든지 시간 날 때마다 사랑하는 부모님이나 형제 들을 만나 볼 수 있다는 것이 부러웠다.

'KB 골든라이프케어' 빌리지는 도심형 요양시설이다. 요양시설이라고 해서 살던 곳으로부터 멀리 떨어지거나 외진 곳에 있다면 가뜩이나 가족과 떨어져야 하는 상황을 힘들어하는 입소자들이 더욱 외로움과 고립감이 들 수밖에 없다. 도심형 요양시설의 장점은 입소자들이 마치 마을회관에 마실 간 듯한 느낌으로 심리적인 안정감을 찾을 수 있고 가족들은 입소자가 보고 싶을 때, 언제든지 한걸음에 달려와 볼 수 있으니 안심하고 케어를 맡길 수 있을 것이다.

넓은 통유리 창으로 쏟아지는 햇살을 받으며 옹기종기 모여 앉아 도란도란 얘기꽃을 피우며 행복해하는 어르신들의 모습을 보면서 향후 요양시설이 나아가야 할 방향을 짐작할 수 있었다.

"근무 환경도 좋은 편이고 'KB 골든라이프케어' 라는 자부심도 느끼고 있으며 친절 교육을 잘 받고 있어 타 요양원에 비해 한결 근무하기가 좋습니다."

유닛 한쪽에서는 민요초빙 강사에 맞추어 어르신들이 열심히 민요를 따라 부르는 표정엔 왠지 모를 행복감이 가득했다.

'KB골든라이프케어 위례 빌리지' 는 준공 과정에서 주민들과의 마찰을 풀기 위해 오랜 시간 공을 들였다. 좀 더 활용도 높은 복지 공간으로 쓰이길 바라는 주민들의 욕구와 충돌한 것이다. 'KB골든라이프케어'는 지역사회와 상생하기 위해 오랜 시간 주민들과 협의했고, 그 결과로 'KB골든라이프케어 위례 빌리지' 1층에 지역사회 주민들을 위한 커뮤니티센터가 자리를 잡고 있다. 커뮤니티센터는 넓고 채광이 좋은 공간으로 지역사회 사랑방 역할을 톡톡히 할 것으로 보였다. 주민들과 활발한 논의를 통해서 모임, 프로그램, 강의, 행사 공간 등으로 다양하게 운영을 계획하고 있다.

커뮤니티센터 옆으로 데이케어센터 마무리 공사를 하고 있었는데, 4월 30일까지 완료하고 5월 1일부로 개소한다고 한다. 데이케어센터는 지역주민들을 위해 월요일부터 토요일까지 주, 야간 보호 기능을 하게 된다.

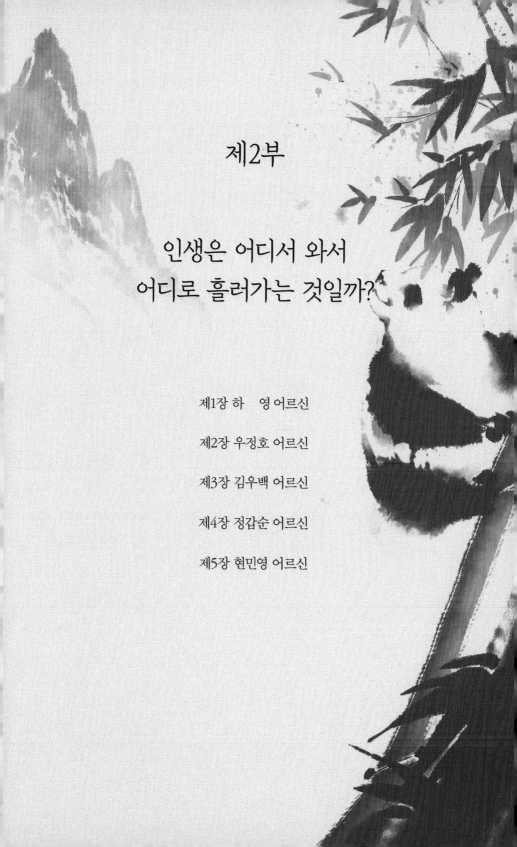

제2부

인생은 어디서 와서
어디로 흘러가는 것일까?

제1장 하영 어르신

인생은 가을처럼 물들어 가고

▥ 어르신과의 첫 만남

하영(가명) 어르신, 그분의 연세는 80이셨다. 100세 시대인 요즘 세상에 '80' 나이는 이제 인생의 황금기를 막 지나 한창 자신만의 삶을 꽃피울 나이가 아닌가? 어느 날 갑자기 자신에게 닥쳐온 불행은 생각지도 못했던 '파킨슨' 병이었다.

어눌한 말투, 그리고 떨어지지 않는 발걸음, 자꾸 넘어지는 파킨슨의 고통은 당신의 인생에 가을을 훨씬 앞당겨 맞이하고 말았다. 어르신은 예전만은 못하지만 아직은 인지능력이 그럭저럭 괜찮은 편이라 자꾸만 아련해져 가려는 기억을 붙들려고 늘 혼신의 노력을 다하신다.

평생 원만한 성격에 늘 모범생처럼 살아온 인생, 새파랗게 젊은 시절, 군대 생활의 에피소드를 얘기할 때는 깊은 눈가에 생기가 넘쳤다. 그 시절, 광주 기갑 학교에서 특기병 교육을 받을 때, 교육생 중 전체 1등을 해서 학교 조교로 차출될 정도로 총기와 능력을 인정받았다. 돈과 권력을 탐하지 않으면서도 남들이 모두 부러워하는 직장에 취직하여 딸 둘에 아들 하나를 낳아 모두 대학까지 보냈다. 은퇴 후 자신만의 삶을 꿈꾸던 그에게 갑자기 닥친 병마는 한꺼번에 모든 것을 앗아가 버리고 말았다. 힘겹게 하루하루를 살아내고 있는 그에게 과연 '희망'이라는 단어는 가당키나 한 것일까?

■ 어르신과의 소통

어느 날, 요양 보호차 그분을 만났고 그분의 이야기에 늘 귀 기울였다. 무슨 말인지조차 알 수 없는 어눌한 발음 때문에 문득 그분의 말을 이해하기 위해 온 신경을 바짝 곤두세우다 보면 가끔은 진한 피로감을 느꼈지만 듣고 또 듣고 무조건 귀를 기울였다. 어떤 때는 퇴근하자마자 피로감이 몰려와 소파에 쓰러지듯 누워 죽은 듯이 잠들곤 했다.

자신의 어눌해진 말을 못 알아듣는다고, 아예 듣기를 포기해 버린 배우자 할머니와 자녀들 때문에 이제는 하고 싶은 얘기도 될 수 있으면 자제하다 보니 말 수도 줄어들었지만, 나를 만난 후부터는 활발하게 이야기꽃을 피우신다.

그분의 지나간 삶을 들어드리고 현재의 삶을 함께 관조하면서 이심전심以心傳心의 공감이 물들어 갈 즈음, 지성이면 감천이라고 그분의 얘기가 귀에 들어오기 시작했다. 마음을 살피다 보니 무슨 말을 하고 싶어 하는지 의중意中까지 살피게 되었다. 그분의 말뜻을 점점 더 알아듣는데, 부쩍 요령이 생기다 보니 이제는 거의 7~80%를 알아듣고 대답을 해드리곤 한다.

더욱 신이 난 어르신! 삶의 의미를 자꾸만 되새기신다.

불과 10년 후의 나의 모습을 그 어르신에게서 찾아보며 1분 1초라도 더욱 성심성의껏 보살펴 드리고 싶었다. 그럭저럭 10개월을 함께 하다 보니 이젠 정이 많이 들었다.

배우자인 유영숙 할머니의 건강도 몹시 안 좋았다. 할머니는 어르신과 함께 서울 딸네 집에 어린 손주를 돌봐주러 왔다가 아파트 계단에서 넘어지는 불의의 사고를 당하면서 거동이 불편하여 의료기기 워커를 밀고 겨우 바깥출입을 할 정도였다. 집안에서 할머니의 역할은 2~3일에 한 번 세탁기 돌리는 일과 식사 준비를 하는 일이 전부였다. 물론 매주 한 번씩 가까이 사는 딸이 반찬을 해 나르고 있긴 하지만 끼니마다 식사는 맨눈으로 봐도 부실하기 짝이 없었다. 점심은 우유 한 잔으로 때우기 일쑤였다. 게다가 두 분 모두 치아가 좋지 않아 음식을 잘 못 씹었다. 하영 어르신의 소망은 틀니를 거부하고 임플란트 치아를 하는 것이었다.

"틀니를 만들어 놓고 왜 사용하지 않으셨어요?" 여쭈었더니
"파킨슨병으로 가뜩이나 발음이 어눌한데, 틀니까지 끼면 상대방이 내 말을 아예 못 알아들을까 봐…" 말꼬리를 흐리는 어르신의 대답에 콧날이 시큰하였다.

하영 어르신은 원래 달변가였다고 할머니는 누누이 말씀하신다.

"달콤한 말로 날 꼬드기는 바람에 홀딱 넘어갔지, 뭐야, 참나"

할머니는 특유의 높은 톤으로 자신의 선택을 후회하는 듯한 어조로 어르신에 대한 불만을 토로하시곤 하였다.

"우리 어머니가 저 양반한테 시집가면 고생할 거라고 두 손 들어 만류한 것을 내 어찌 그 말을 안 듣고 달콤한 꼬드김에 넘어가 시집왔더니 지금, 이 꼴이 되었네."

할머니의 말투에는 늘 원망 조가 가득했다. 부모님의 반대를 무릅쓰고 선택할 정도로 달변가였던 하영 어르신이 어느 날 갑자기 찾아온 파킨슨 병마와 싸우면서 몸과 마음은 점점 지쳐가고 있었다.

파킨슨병으로 발음이 어눌해져 상대방은 물론 가족까지도 당신의 말귀를 잘 못 알아들으니 듣는 가족도 답답했겠지만 정작 당사자인 본인은 오죽이나 답답했으면 틀니를 거부하고 임플란트를 그토록 원했을까?

할머니는 사사건건 젊은 날의 어르신을 원망하였지만, 어르신은 그냥 피식 웃거나 고개를 돌리는 정도였다. 동네 공원으로 운동 모시고 나와서 잠시 쉬는 틈에 물었다.

"어르신, 젊은 시절에 할머니한테 좀 잘하시지 왜 그러셨어요?"

정색하시는 어르신께서

"아니에요, 그건 그 사람의 말이지, 난 참으로 열심히 살았어, 그러니 직장생활로 3남매 모두 대학 보내고 내 집 거느리고 살았으면 됐지. 뭐."

어르신의 말씀에 무언의 믿음이 무럭무럭 피어올랐다. 파킨슨으로 몸은 다소 불편했지만, 할머니와 비교해 인지능력認知能力이 좋은 어르신이 나의 적극적인 보살핌을 받으면서 바깥일을 모두 처리하셨다.

공과금 납부와 생활비 입, 출금 등 은행 업무, 시장보기는 모두 어르신의 몫이었다. 약방에서 약을 사나르는 일도 물론 어르신의 몫이었다. 할머니는 당신이 병원에 갈 때, 필요한 비용만 보채듯이 어르신에게 청구하곤 했다. 근, 원거리 어르신 병원 동행, 시장보기, 동네 공원에서 운동케어는 모두 나의 몫이었다. 그렇게 나는 휠체어를 밀면서 진정한 요양보호사로 거듭 태어나고 있었다.

■ **애틋한 노부부의 사랑**

2020년 정초 어느 날, 주무시다가 아침에 갑자기 혼수상태가 되신 하영 어르신을 119를 불러 부랴부랴 집에서 가까운 강동경희대병원으로 모시고 갔다. 눈을 감고 병원 침대에 축 늘어진 채 누워계신 어르신은 세상모르고 잠 속으로 빠져들었다.

침대 옆을 지키던 나는 어르신의 상태가 심상치 않음을 느끼고 걱정을 많이 했다. 센터 복지사의 도움으로 겨우 택시를 잡아타고 뒤따라오신 할머니는 할아버지 침대 머리맡에 앉아 한없이 울고 있었다.

"영감, 나 죽는 거 보고 따라온다고 해놓고 지금 이게 뭐 하는 짓이고?"
"얼능 일나라!"

비통하게 울부짖듯이 소리치는 할머니의 그 모습을 보면서 만감이 교차했다. 평소 할머니의 태도와는 360도 바뀐 모습이었다. 그토록 원망 아닌 원망을 쏟아붓던 할머니의 속마음을 알았을 때는 나도 따라 속울음을 울었다. 만 하루가 지나고 정신이 돌아온 어르신이 할머니의 손을 마주 잡고 통곡하셨다.

"아! 고통을 마주한 노부부의 지고지순至高至純한 사랑이 이토록 가슴속을 얼얼하게 할 줄이야?"

할머니는 불편한 몸을 이끌고 거의 매일 택시를 타고 병원으로 어르신을 뵈러 왔다. 케어를 중단한 나도 가끔 병원을 방문해서 어르신을 뵐 때는 멀리서부터 알아보고는 천진난만하게 웃음기 가득 띤 얼굴로 내 손을 덥석 잡곤 하셨다. 어르신이 병원에 입원했으니 나는 당분간 활동을 할 수가 없었지만, 할머니께서 특별히 전화해서 도움을 청해오곤 했다. 그럴 때마다 할머니에게 가서 이것저것 필요한 일을 도와드리곤 했는데, 사실 둘째 딸이 차량으로 불과 15분 거리에 살고 있었지만 내가 편했던지 소소한 일은 나에게 먼저 도움을 요청했다.

그러는 사이에 시간은 흘러 어르신은 기적같이 일어나셔서 요양병원에서 1개월간의 재활 치료를 받고 할머니 곁으로 돌아오셨다.

2020년 경자년 구정 명절을 오롯이 병원에서 보내시고 돌아오신 어르신은 예전만 못한 상태로 일상을 맞이하신다. 병원에 계실 때에는 어르신 돌볼 수 없었으니 불가피하게 1개월간 동안 떨어졌다 퇴원 후에 어르신 댁에서 다시 만났다.

1개월 만에 만난 내 손을 붙잡고 눈물을 꾹꾹 눌러 삼키던 어르신을 보면서 내 가슴속에서도 불덩이 같은 것이 불쑥 올라왔지만 억지로 먼 산을 바라보고 말았다. 어찌 보면 인생이란 게 그저 그런 거 같기도 하고 인생 선배의 삶을 반면 거울삼아 건강하게 살아야겠다는 생각을 하루에도 몇 번씩 하게 되는 요즘이다.

▦ 할머니의 병이 깊어져 가고

태풍처럼 휩쓸고 간 시간이 지나가고 어르신이 집으로 돌아온 후로 잠시 평화가 깃들었지만, 그것도 얼마 가지를 못했다.

그렇지 않아도 불편한 몸을 이끌고 겨우겨우 생활하시던 할머니께서도 요양 등급을 받으신 것이다. 할머니의 전속 요양사가 따로 방문요양을 시작했다. 처음에는 나와 동선이 겹치지 않도록 오전 오후로 나누어 돌보기 시작했는데, 할머니께서 병원에 가실 때에는 극구 내가 보살펴 주시기를 요청했다. 할머니 요양사는 처음 일하시는 여성분이라 휠체어 미는 것이 서투르다 보니 할머니는 내가 휠체어를 운전할 때 가장 편하시다고 말씀하시곤 하였다.

　어쩔 수 없이 같은 시간대에 방문케어를 하게 되었다. 왜냐하면 최근 들어 병원에 가는 횟수가 어르신보다는 할머니가 훨씬 자주 있기 때문이었다. 나는 주로 어르신과 할머니의 병원 동행을 도맡아 하게 되었다. 시장을 보거나 어르신의 운동을 할 때도 내가 그 일을 돌보았다. 대신 할머니 요양사분은 주로 집안일을 하면서 두 분을 보살피셨는데, 협업이 잘 되어 그럭저럭 잘 지내게 되었다. 어떤 날에는 하루에 두 분을 교대로 모시고 병원에 가야 하므로 그만큼 시간상으로도 바쁘고 내 몸이 피곤해지기 시작했다. 3시간 안에 할머니를 병원에 모시고 갔다 온 다음에 숨돌릴 틈도 없이 어르신을 휠체어 태우고 또 병원에 가야 했다.

　가까운 동네 병원에 갈 때는 그나마 시간을 잘 배분해서 부지런히 움직이면 됐는데, 큰 병원에 갈 때는 돌봄 택시를 예약하거나 그게 원활하지 못하면 일반 택시를 불러 다녀오곤 했다.

　설상가상雪上加霜, 할머니는 집안에서 넘어지면서 엉덩이 부분의 고관절을 크게 다치셨다. 소화 기능이 약해지고 이도 부실하다 보니 평소에 먹는 것도 부실하여 골다공증 증세가 있는 상황에 고관절을 다쳤으니, 상태가 점점 더 악화되어 고통스러워하시는 것이었다.

증세가 심해지면서 거동이 불편해지고 아예 대소변도 부축 없이는 불가능한 상황이 되었다. 어쩔 수 없이 기저귀를 차고 생활하다 보니 할머니의 짜증이 늘어가기 시작했다.

그 짜증의 대상은 대부분 남편인 어르신에게 돌아왔다. 곁에서 보기에도 참으로 어려운 상황이 닥쳤다.

유영숙 할머니는 원래 고향인 대구에서 부잣집 맏딸로 태어나 곱게 자랐다. 할머니의 할아버지가 대구에서는 당시 고명한 한의사라고 하셨으며, 손 할머니는 귀여움속에서 성장하면서 어깨너머로 할아버지에게 침술을 배우셨다. 할머니는 결혼 초까지도 알음알음으로 침을 놓으시면서 돈도 받으셨으니, 가정경제에 다소나마 보탬이 되었다고 하셨다. 물론 어르신께서도 직장생활을 꾸준히 했으니 먹고 사는 문제야 해결이 되었겠지만 1남 2녀 자녀 셋을 모두 대학 공부까지 시켰으니, 할머니의 침술이 생활에 보탬이 되지 않았을까 생각해 본다.

할머니는 부잣집 맏딸에 젊어서 얼굴이 동네에서 두 번째 가라고 하면 서러워할 정도로 예뻤다고 하니 어르신이 달변達辯을 밑천 삼아 적극적으로 구혼했는지도 모르겠다. 물론 어르신도 부친이 교직에 계셨으니 평범한 가정에서 남부럽지 않게 살았다고 한다. 그러나 하영 어르신의 장모인 할머니의 모친은 딸이 하영을 만나고 결혼하겠다고 하는 것에 적극 반대하셨다.

"너 그놈한테 시집가면 이다음에 고생 억쎄게 할끼다. 그러니 일찌감치 포기하고 좋은 사람 만나서 시집가야 잘 산다. 명심하거래이."

귀에 딱지가 앉도록 친정어머니에게 들은 얘기이지만 할머니는 이미 콩깍지가 끼었는지 하영 어르신과 도저히 떨어질 수가 없었다. 물론 지금에 와서는 두고두고 후회한다는 자조 섞인 푸념을 늘어놓곤 하지만 그때는 그랬다.

결국 부모님 반대에도 불구하고 그들은 덜컥 아이를 임신하는 사고를 저질렀다. 그렇게 결혼생활이 시작되었지만, 딸 둘에 아들 하나를 낳아 알콩달콩 살면서 재산도 조금씩 불려 나갔다.

어르신 특유의 소박함과 근면함이 직장에서도 인정받아 젊어 입사한 직장에서 정년퇴직할 때까지 근무했다. 아이들도 모두 공부를 잘해 지방이지만 국립대학 법대에 입학해서 항상 장학금을 받으면서 다닐 정도로 효도했다.

첫째 딸과 막내아들은 대구에 있는 K대 법대를 모두 졸업했고 둘째 딸은 서울로 유학을 와서 J대 세무학과를 다녔다.

정년퇴직하고 '고생 끝 행복 시작' 일 줄만 알았던 어르신은 갑자기 찾아온 '파킨슨'이라는 병마에 모든 걸 잃고 말았다. 지금은 방 한 칸짜리 원룸에서 아픈 아내와 함께 삶의 나락으로 떨어지는 느낌으로 하루하루를 살아가고 있다.

할머니의 병세는 날로 악화됐다. 할머니 요양보호사께서 하루하루 변하는 할머니를 케어하는데, 엄청 힘들다고 나에게만 살짝 하소연한다. 특히 할머니는 이틀이 멀다 하게 동네 병원을 찾았다. 위장도 안 좋은 데다가 넘어지면서 다친 꼬리뼈가 아프다고 정형외과, 재활의학과를 번갈아 가신다. 주기적으로 당뇨 체크와 혈압을 체크하면서 약을 지어서 드셨다. 그런데 병원에 가실 때에는 꼭 나에게 데리고 가 달라고 애원하다시피 한다. 물론 할머니 요양보호사(여성)도 휠체어를 밀고 다녀올 수 있었지만 내가 휠체어를 밀 때가 가장 마음이 안정된다고 했다.

할머니 요양보호사가 힘들어하는 것은 물론이고 조금이라도 할머니를 편하게 해드려야겠다고 생각해 병원에 갈 때만은 내가 꼭 모시고 다녔다.

그럼에도 불구하고 할머니는 점점 지쳐가고 있었다. 나중에는 대, 소변조차 못 가리고 침대를 적시고 하루에도 몇 번씩 아파 죽는다고 소리를 질렀다. 물론 그 고통을 남편인 하영 어르신에게 스트레스를 해소하니 어르신마저 죽을 맛이었다. 그러나 하영 어르신은 묵묵하게 할머니를 챙겼다. 하루의 케어 시간이 끝난 요양보호사가 집으로 돌아간 이후로는 할머니를 돌보는 일은 오로지 하영 어르신의 몫이었다. 그러니 파킨슨으로 자기 몸조차 가누기 힘든 어르신으로서는 여간 힘들고 고통스러운 일일지도 모르겠으나 어르신은 끝끝내 감내하셨다.

불과 얼마 지나지 않아 할머니는 요양병원으로 옮겼다. 하영 어르신만 덩그러니 남았으나 오히려 어르신은 편안한 모습으로 하루하루를 잘 견디어 내고 계셨다.

그 사건으로 인해 나는 하영 어르신과의 만남을 접어야 했다. 하지만 늘 그분의 애잔한 모습이 생각나 가슴속이 얼얼했다. 그리고 난 암사동 쪽으로 와서 우정호 어르신을 만나게 되었다.

그럭저럭 몇 개월이 지난 어느 날, 하영 어르신 카톡으로 문자 하나가 배송되었다. '유영숙 할머니 별세⋯'

정신이 아득해지고 온몸의 솜털이 섰다. 할머니의 생생했던 모습이 뇌리를 스쳐 지나갔다. 날짜를 보니 이미 장례 절차를 마친 지 이틀이나 지났다.

■ 단 하루의 재회

할머니가 돌아가신 후, 어르신은 가끔 나에게 전화하신다. 딱히 할 말도 없는 듯한데, 전화해서 이런저런 이야기를 물어보면서 "김 선생님, 한번 왔다 가세요." 하는 것이다. 할머니가 돌아가신 후, 얼마나 적적하고 심적으로 허전했을까 하는 생각을 하니 왠지 모르게 어르신을 꼭 한번 만나서 위로를 해드려야겠다는 생각을 하다가 드디어 어느 날 그분을 뵈러 갔다.

그분과 함께 보낼 때, 옆 건물 1층에 핫도그 판매점이 있었는데, 핫도그를 즐겨 드시던 어르신이 생각나서 선물로 사 들고 찾아갔다. 사실 명랑 핫도그와 관련한 에피소드가 있었는데, 배우자이신 할머니께서는 치아가 많이 안 좋으셔서 핫도그를 잘 못 드셨다.

하루는 "어르신, 우리끼리만 먹는 게 그러니 할머니 것도 하나 사서 들어가시지요?" 하고는 사서 들고 들어간 핫도그가 할머니께는 그림의 떡이었다. 치아가 부실해서 씹을 수가 없어, 핫도그를 바라만 보고 있으려니 왠지 화가 치밀어 오르는 모양새다.

할머니는 당신이 그것을 잘 드실 수 없게 되자 오히려 어르신에게 큰 화를 내셨다. 그 이후 핫도그는 밖에서 우리끼리만 먹는 게 불문율이 되었고 들어갈 때는 할머니가 눈치채지 못하게 몇 번이고 입을 깨끗이 닦는 버릇이 생겼다.

어르신은 조금도 달라지지 않은 모습이었지만 허공중에 맴도는 눈동자는 많은 외로움에 노출된 듯 보였다. 휠체어에 어르신을 모시고 그동안 다니던 이곳저곳을 다녔다. 공원도 가고 시장도 둘러보고, 가급적 많은 시간을 함께 보내다가 돌아올 때쯤에는 어느덧 저녁이 다 되었다.

어르신은 서운한 빛을 감추지 못하고 장롱에서 슬그머니 여름 점퍼 하나를 꺼내 건넸다.

"선생님, 그동안 매우 고마웠습니다. 제가 특별히 보답할 게 없어 이걸 하나 준비했는데, 받아주세요."

사실, 그 점퍼는 어르신 입으시라고 자녀들이 선물한 듯한데, 못 입고 장롱에 묵혀 놓았다가 내놓는 모양새였다. 어르신이 체격이 나보다 크니 맞을 리가 없을 터인데도 난 흔쾌히 감사의 표시를 하고 받아왔다.

그렇게 2년이라는 세월이 흘렀다. 그 이후에 어르신이 궁금하기도 했지만, 나름 내 일도 바쁘게 살다 보니 점점 잊혀 가고 말았다.

2년 후, 어느 날, 어르신의 딸한테서 카톡 문자 한 통이 왔다. 어르신이 돌아가셨다는 문자였다.

제2장 우정호 어르신

잃어버린 10년을 찾아

10년이면 강산도 변한다는 옛말이 있다. 그러나 요즘같이 최첨단 시대는 시시각각 세상이 변하는 시대가 되었다. 병마와 마주친 우정호(77세) 어르신은 오로지 집 주위에서만 맴돌다가 그 10년의 세월을 속절없이 보내버리고 말았다. 뇌경색으로 몸과 마음은 만신창이가 되어 대인기피증에 시달렸고 삶에 대한 의미는 퇴색되어 하루하루를 견디기 어려워했다. 그러던 어느 날, 마음의 문을 조금씩 열면서 10년 만에 외출했다. 새로운 삶의 분수령이 된 10년 만의 외출은 그에게 어떻게 다가왔을까?

■ 운동 잘하고 공부 잘하는 핸섬 보이

청소년 시절의 우정호는 너무나도 당당하며, 운동 잘하고 공부 잘하는 핸섬 보이였다. 지방의 기초의회 의원이었던 부친의 후광에 힘입어 어렵지 않은 가정에서 자랐다. 아버지를 졸라 스케이트를 타기 시작했는데, 당시에, 지방에서 스케이트를 탈 정도라면 타인의 부러움을 살만한 환경이라고 말할 수 있었다. 운동 좋아하고 공부 잘하는 데다 핸섬한 외모까지 갖추었으니, 여학생들의 선망 대상이 되기도 했던 청소년 시절은 우정호 어르신의 인생에서 가장 행복했던 시절이었다.

■ 한때는 잘나가던 스피드스케이팅 선수

그 시절 농촌 생활이라는 게 대부분 몇 집을 빼고는 고만고만한 살림살이였다. 겨울철에 집 앞, 꽁꽁 언 논배미에서 썰매는 탔을지언정 스케이트를 탄다는 것은 특별히 선택된 아이에게만 주어진 특권이었다. 당시 어르신의 아버지는 지방의 군의회 의원이셨다. 비록 넉넉지 못한 살림이기는 했으나 장남인 그의 될성부른 떡잎을 알아보셨는지, 아니면 유난히 운동신경이 뛰어난 아들의 소질을 파악했는지 스케이트를 선뜻 사주셨다. 남들은 썰매 꼬챙이 질을 할 때, 그는 은빛 스케이트 날을 번쩍이면서 얼음을 갈랐으니, 학교에서나 그 지역에서조차 모르는 이가 없을 정도였다. 고등학교 시절에는 전국체전에 경기도 대표로 출전하여 입상하였으며 운동장 조회 때, 교장 선생님에게 불려 나가 전교생 앞에서 칭찬을 듣곤 하였다.

▦ 스물한 살 어린 나이에 결혼

지병이 있던 아버지는 병치레로 시름시름 앓다가 돌아가셨다. 장남인 그는 스물한 살 다소 어린 나이에 이웃 마을 세 살 아래 어여쁜 새색시를 배필로 데려왔다. 아버지가 돌아가신 후, 집안 어른들의 권유로 이른 결혼을 했는데, 얼떨결에 덜컥 임신을 시켜놓고 그 사실도 모른 채, 軍隊에 입대하고 말았다. 제대해 보니 엉금엉금 기어다니는 떡두꺼비 같은 아들이 기다리고 있었다. 그 시절은 어른들의 눈치가 보여 자식 한번 제대로 안아보지 못한 채 살다가 세월이 흘렀다. 아무것도 모르는 아이가 아빠라고 엉금엉금 기어 오면 어른들 눈치가 보여 슬며시 피하기 일쑤였다. 돌이켜보면 자식 사랑 표현조차 제대로 못 한 일이 참으로 안타깝기 그지없던 시절이었다.

▦ 카투사(Korean Augmentation to the United States Army, KATUSA)에서 군 생활

운 좋게 군 생활은 카투사로 했다. 카투사의 삶은 일반 한국군 부대의 군 생활과는 다소 다른 환경을 제공했다. 미군들과 함께 복무하면서 오로지 영어에 관심을 두고 매진했다. 당시 통역을 할 정도로 열심히 했으며 제대하고 나서 사회생활에 많은 도움이 됐다. 군 생활을 하면서도 전국체전이 열리면 경기도에서 보낸 협조 공문으로 출전 종목의 도 대표 선수로 출전하곤 했다. 하계체전에는 육상선수로, 동계체전에서는 도 대표 스케이팅 선수로 활약했다. 스케이트는 나이 먹어서도 늘 즐기는 운동이 됐다. 칠십이 가까워져 오는 나이에도 태릉은 물론 잠실 롯데월드 빙상장으로 스케이트를 타러 다녔다. 나이를 먹었으나 젊은 시절의 실력은 변하지 않았다. 스케이트만 신으면 펄펄 날았다. 가장 행복한 순간이기도 했다. 그 시절에 그는 "막걸리를 먹다가 술자리에서 죽거나 얼음판 위에서 스케이트를 타다가 쓰러져 죽으면 여한이 없겠다." 라는 말을 할 정도로 막걸리와 스케이트를 사랑했다.

▓ 잃어버린 10년

60대 중반을 막 지나가던 어느 날, 머리에 열이 올라 불덩이처럼 뜨거웠다. 그것이 뇌경색의 전조증상인지도 모른 채, 참다가 결국 병원으로 실려 갔다. 지독한 뇌경색이 찾아온 것이다. 좌측 팔과 다리가 마비되고 음식물을 씹어 삼키는 것조차 어려운 삼킴장애가 발생했다. 어르신 건강에서 가장 중요한 것은 '잘 먹는 것' 이라고 할 수 있는데, 제대로 삼키지 못해 잘 먹지 못한다면 어떻게 될까? 급격히 건강 상태는 나빠지고 있었다. 더구나 심리적인 상실감으로 우울감이 높아지고 삶의 의지조차 잃어가고 있었다.

지독한 뇌경색은 어르신의 삶을 송두리째 바꿔버렸다. 삶에 모든 희망을 놓아버리고 오로지 죽는 것이 소원인 순간들이 시시각각으로 다가왔다. 자살에 대한 궁리가 늘 머릿속을 맴돌다가 실행에 옮겼다. 안방 천정에 와이어 줄로 목을 맸는데, 침대에서 뛰어내리는 순간 지지대가 부러지는 바람에 돌 침대 모서리에 머리를 부딪치고 쿵! 소리에 놀라 달려온 둘째 아들에게 발견 되어 119구급차로 병원으로 실려 갔다. 그 이후에도 연탄가스를 이용한 자살 시도는 물론 자살에 대한 충동은 시시각각 엄습했다.

몸무게 51kg의 다소 왜소한 체구에 자신에게 닥쳐온 병마病魔는 참혹했 다. 한때, 펄펄 날던 몸이 한순간에 편마비가 되어 초라한 모습으로 변해 버 렸으니 그 실망감이야 오죽하겠는가? 하루를 버티어 내면서 저녁에 잠자 리에 들면 아침이 오지 않기를 수없이 기도했다. 본래 막걸리를 좋아하기도 했지만, 하루하루를 막걸리에 의지한 채, 세월을 보냈다. 삶이 지난至難하 니 일상이 재미가 없고 식구들에게, 특히 아내에게 짜증을 부리기 일쑤였 다. 지독한 대인기피증이 생겨 만나는 사람이 없으니 오로지 함께 사는 아 내에게 스트레스를 풀었다. 아내는 명일역 근처에서 혼자 노점상을 하면서 모든 생계를 책임지고 있다. 이른 아침부터 늦은 저녁까지 노점에서 장사 를 마치고 고단한 몸으로 들어온 아내에게 온종일 말 한마디 못 한 채 보 낸 스트레스를 한꺼번에 쏟아부었다. 막걸리에 거나하게 취하면 늦은 밤까 지 아내를 상대로 대화(술주정)하기를 원했다. 2남 1녀의 자녀들과도 자연스 럽게 관계가 좋지를 않아 일찌감치 아이들은 나가 살기 시작했다. 우정호 어르신의 외로움은 스스로 자초한 면이 컸다. 가부장적인 사고와 직설적인 표현으로 아이들과의 관계를 소원하게 만들었다. 그러니 몸이 불편한 지금 은 외롭기 그지없다. 아이들과의 관계도 회복하고 싶다.

▥ 10년 만의 외출

2020년 초에 우정호 어르신을 만났다. 편마비의 불편한 몸과 피폐한 정신으로 자존감은 한없이 떨어져 있었다. 삶의 의미를 잃은 채, 막걸리로 하루하루를 보내던 그에게 정서적인 도움이 필요했다. SOS를 받고 찾아간 나에게 그의 마음은 삭막하게 닫혀있었다. 하루하루 진심으로 위로를 건네는 나에게 조금씩 마음을 열더니 말문이 트이기 시작했다. 다행히 청소년 시절에는 문학에 대한 관심이 많았고 역사에 대한 식견도 상당히 높아 한국의 고대사를 포함한 근, 현대사에 해박했다. 대화가 통하니 마음이 열리기 시작했다. 10여 년간 잊고 살았던 스케이트팅에 대한 추억이 모락모락 올라왔다. 더구나 잠실에 123층 롯데월드타워가 건설되었다는 것을 뉴스로만 보았기에 꼭 한번 가보고 싶다는 어르신의 요청을 흔쾌히 들어드리기로 약속했다. 약속한 날짜에 지하철을 이용해서 롯데월드타워에 도착했지만, 코로나19로 인해 일시적으로 개방하지 않는다는 안내를 들었다. 기왕 온 김에 석촌호수를 한 바퀴 돌기로 했다. 화려한 벚꽃과 붉은 연산홍이 호수 주변을 화사하게 물들였다. 어린아이 같은 순진한 미소가 연산홍과 어우러져 더욱 홍조를 띠었다. 푸르게 변해가는 나뭇가지에서 지저귀는 새소리와 유유히 호수를 헤엄쳐 가는 백조들이 자유로움에 넋을 놓고 매료되었다. 한동안 시선을 고정한 채 자신의 지나간 10년의 세월을 찾아가고 있었다.

며칠 후, 어르신과 함께 종로로 향했다. 지하철 장애인 리프트와 엘리베

이터를 몇 번씩이나 갈아타고 도착한 종로에서 10년을 추억하며 거리를 걸
었다. 휠체어를 미는 나는 비록 힘들었지만, 어르신의 좋아하시는 모습을
보면서 나도 덩달아 힘을 냈다. 종묘를 찾았다. 종묘宗廟는 조선 왕조의 역
대 국왕들과 왕후들의 신주를 모시고 제례를 봉행하는 유교 사당이다. 서
울특별시 종로구 훈정동 1번지에 자리 잡고 있으며, 사적 제125호로 지정되
어 있다. 위치상으로 창덕궁과 창경궁의 남쪽에 인접해 있다. 휠체어를 밀
고 종묘를 탐방하면서 어르신은 쉴 새 없이 이야기했다. 그분의 해박한 식
견에 또 한 번 놀랐다. 새록새록 추억이 떠오른 어르신은 명동이 한번 가보
고 싶다고 했다. 그리고 며칠 후, 명동 거리로 나갔다. 명동을 거쳐 종로 송
해거리의 한 음식점에서 늦은 점심을 먹으며 막걸리 한 잔을 곁들였다. 점
심을 먹고는 인사동 골목을 탐방할 예정이다.

　예상치 못한 병마가 찾아온 어느 날부터 사정없이 곤두박질치던 우정호
의 삶은 10년을 어둠 속에서 보냈다. 빛을 향해 마음을 열기까지 오랜 시
간이 흘렀다. 이제 잃어버린 10년을 극복하고 새로운 삶을 찾아야 하는 시
간이 되었다.

▥ 잠실 롯데 아이스링크장으로

오늘은 대체휴일이다. 어제가 8.15 광복절인데, 일요일과 겹치는 바람에 국가에서 대체휴일로 지정됐다.

편안히 집에서 쉴 수 있는 날이건만 우정호 어르신과 추억여행을 떠나 보기로 했다. 어느 날, 갑자기 '녹사평'역을 입에 떠올리시던 어르신은 한창 젊은 군시절, 육군본부에서 잠시 근무하던 추억을 가끔 얘기했다.

당시 육군본부 본부대에서 행정병으로 근무하면서 삼각지와 녹사평역 주위를 가끔 왕래했다고 한다. 그것도 병사로 근무하던 시절에 외출을 나와 해방촌이나 이태원 일대의 요정집을 드나들었다고 하니 나로서는 이해가 되지는 않았다. 왜냐하면 나도 영관장교 시절, 삼각지 육군본부 작전참모부에서 3년간 근무한 경험이 있기 때문이다.

물론 내가 근무하던 부서에도 사병이 있었다. 작전상황병, 챠트병, 그리고 통신병들이었다. 하지만 그들의 일상을 자세히는 알 수 없지만 그들이 외출을 나가서 고급 술집에서 술 마시고 돌아다닌다는 얘기는 들어본 적이 없었다.

하지만 어르신이 근무하던 시절과는 근 10여 년의 차이가 있으니 그 시절, 그 상황을 짐작하기도 쉽지는 않다.

어쨌거나 삼각지 하면 유명하기로 소문난 원대구탕맛을 생생하게 기억하는 나로서는 어르신이 생태탕을 입에 떠올렸을 때, 자연스럽게 그 시절

78

에 맛보았던 대구탕을 생각하게 되었다.

요즘 부쩍 입맛이 없다던 어르신이 생태탕을 먹고 싶은데, 천호동이나 암사동 일대에서는 별로 눈에 띈 적이 없는 생태탕 이야기에 삼각지 대구탕을 얘기하다 보니 그쪽으로 추억여행을 한번 가보자고 의기투합했다.

그래서 대체휴일인 8월 16일을 D-day로 잡았다.

사실 월요일은 오전에 당구클럽을 여는 날이다. 로데오당구장 당구클럽 회장직을 맡고 있는 나로서는 회원들이 도착하기 전에 미리 가서 문을 열어야 했지만, 오늘은 같은 클럽요원에게 부탁을 해놓고 오전부터 부지런히 어르신 집으로 발걸음을 했다.

문을 열고 들어서자, 평소에는 말끔하게 외출복을 갈아입고 있어야 할 그 분이 아직도 잠옷 바람에 침대에 누워 있었다. 왜 그러시냐고 물었더니 어젯밤에 잠이 오지를 않아 한숨도 못 잤더니 컨디션이 엉망이라 꼼짝도 못 하겠다고 한다.

"하! 이를 어쩌나?"

잠시 소파에 앉아 이런저런 얘기를 하다 보니 슬그머니 침대에서 일어나는데, 얼굴이 핼쑥하다. 나이를 먹으면 잠이 없어진다는 얘기는 많이 들어봤지만, 어르신은 편마비의 불편함 때문에 늘 잠자리가 고통스럽다는 얘기를 가끔은 들은 적이 있다. 하지만, 오늘처럼 컨디션이 나빴던 적은 처음이다.

그냥 돌아서려고 맘먹고 있는데, 부스럭부스럭 옷을 갈아입으시더니 녹사평은 그렇고 잠실 롯데타워에나 한번 가보자고 한다.

며칠 전, 우연히 롯데월드 영화관 이야기 나왔던 적이 있었다.
"젊은 시절에는 영화도 자주 보고 했는데, 내가 살아생전에 영화관에 가서 영화를 볼 수 있으려나?"

쓸쓸하게 혼잣말처럼 중얼거리는 모습에 난 정색하면서 "당연히 가실 수 있으시지요, 제가 미리 한번 다녀올게요." 그렇게 얘기를 한 적이 있었다. 그리고 그 얘기가 나온 이틀 후에 실제로 롯데월드 신관에 있는 시네마에 가서 이러저러한 정보를 알아 온 적이 있었다.

"차라리 잘됐네요. 오늘 롯데시네마에 가서 여러 가지 알아본 후에 화해 겸 할머니하고 같이 날 잡아 영화 구경이나 하시면 좋겠네요."

며칠 전, 막걸리 때문에 할머니하고 대판 다투셨다. 왜냐하면 어르신이 워낙 젊어서부터 막걸리를 즐겨 드셨기 때문에 요즘도 하루에 꼭 한 병씩 술을 드셨다. 내가 보기에는 분명히 알코올중독 증세가 있는데, 본인은 절대 아니라고 극구 부인한다.

어르신이 술 좋아하는 걸 아는 할머니는 막걸리 한 병은 알아서 사 오신다. 명일역 주위에 손수레를 펼쳐놓고 옥수수 노점상을 하시면서 생계를 책임지는 할머니 처지에서 여간 고단한 일상이 아닐 수 없었다. 새벽 네 시가 조금 지나면 나갔다가 저녁 열 시가 가까워 집에 들어오곤 하시는데, 그 와중에서도 어르신이 좋아하는 막걸리는 꼭 한 병씩 사 들고 들어오신다.

그런데, 문제는 어르신이 막걸리 한 병으로 만족하지 못하고 꼭 두 병을 마시려고 한다. 막걸리 두 병을 마시는 날에는 술을 이기지 못해 사고를 치곤 했다. 가뜩이나 편마비로 지팡이에 의지한 채, 한 걸음씩 겨우 걷는 형편인 어르신이 막걸리 두 병을 마시는 날에는 술에 취해 나자빠지기 일쑤였다. 거실 한쪽에 있는 냉장고에는 여기저기 우그러진 흔적이 훈장처럼 선명하다. 모두가 어르신이 술에 취해 넘어지면서 머리를 부딪치거나 사고를 쳐서 생긴 흔적들이다. 텔레비전은 벌써 네 번째 바뀌었다. 가끔 술에 취한 어르신이 비위가 상할 때면 지팡이로 내리쳤기 때문이다. 정치권에 대한 호불호가 분명한 어르신이 자신의 잣대와 다른 논평이나 방송이 나오면 자신도 모르게 화를 참지 못하고 TV에다가 지팡이 찜질을 해댔기 때문이다.

며칠 전에도 배우자인 할머니와 막걸리로 대판 다투셨다. 내가 세 시간 동안 돌보는데, 그날도 억지를 부리고 우겨서 막걸리 두 병을 드셨다. 그러나 두 병을 한 번에 먹은 게 아니라 한참의 간격을 유지하면서 먹었기 때문에 괜찮을 줄 알았다. 그래도 마음이 놓이지를 않아 근무 시간 연장을 하였다. 그날은 세 시간이 아니라 할머니가 돌아오시는 시간을 고려해서 8시간을 연장근무를 하였다. 할머니는 그 날따라 장사를 안 나가고 지인과 함께 모처럼 바람 쐬러 가셨다고 했다.

보살핌 시간이 끝나는 시간에 맞추어 들어오신다고 전화 통화를 했다.

그동안에 어르신과 얘기하면서 두 병째 마시는 막걸리의 마지막 잔이 식탁 위에 놓인 상태였다. 할머니가 들어오고 간단한 인사를 마친 후에 나는 태그아웃하고 집을 나섰다.

암사역에 도착할 때쯤에 할머니에게서 다급한 전화가 걸려 왔다.

"선생님, 빨리 좀 와주세요."

"왜 그러시는데요?"

"지금 또 난리가 났어요."

"욕하고 때려 부수고… 참나, 더 이상 나도 못 참겠어요."

직감으로 어르신이 술김에 또 이상행동을 한다는 것을 알아차렸다. 안 갈 수도 없고 센터에 전화해서 대표님이 좀 가보시면 어떻겠냐고 했더니, 아무래도 내가 가는 게 낫지 않겠냐고 한다.

참고로 센터와 어르신의 집과는 불과 5~6분 거리에 있기에 부탁했던 것인데, 대표 처지에서도 그 상황에 등장하는 것이 꺼림칙했을 것이다.

하는 수 없이 발걸음을 되돌려 센터에 들러 대표와 함께 어르신 댁으로 갔다. 꺼리는 대표를 주차장에 있으라고 하고 어르신 댁으로 올라가니 이미 한바탕 전쟁이 휘몰아치고 난 상태였다. 할머니는 아직도 성이 덜 풀렸는지 씩씩거리면서 정신병원에 보내려고 경찰에 신고했다는 것이다.

"아니, 그렇다고 신고까지?"

나 혼자 속으로 읊조리고 있는데, 어르신은 꼼짝도 하지 않고 침대에 새우처럼 구부리고 누워 벽 쪽을 바라보고 있었다.

문제의 발단은 어르신의 마지막 막걸릿잔이 눈에 거슬린 할머니가 술김에 혹시 또 무슨 일을 저지를까, 싶어 막잔을 싱크대에 부어버린 것이다.

막잔 한 잔이 무엇이 그리도 중요한지… 그러나 술을 좋아하는 어르신에게는 충분히 화가 날 만한 일이었다.

그때부터 어르신의 오기가 발동한 것이다. 닥치는 대로 지팡이로 후려치고 욕을 해대기 시작했는데, 예전에는 꼬박 당하기만 하던 할머니도 어르신이 몸이 불편한 이후로는 맞대응하신다. 어르신이 한 대 후려치면 할머니도 더 세게 후려친다고 가끔 귀띔했다.

그렇게 한바탕 전쟁이 끝난 후에 할머니가 전화를 걸어 경찰을 부르는 소리를 들은 어르신이 풀이 죽어 침대에 누워 있는 것이었다.

야윈 뒷모습을 바라보니 왠지 모르게 측은한 생각이 들었다. 더 이상 내가 개입할 상황이 아니라 밖으로 나오려고 하니 할머니가 경찰과 통화를 하고 있었다. 아마도 그쪽에서 전화로 정확한 집의 위치를 묻는 모양새였다. 그리고 얼마 후에 경찰 두 명이 들이닥쳤다. 무거운 마음으로 대표와 함께 그곳을 빠져나왔다.

내가 집에 도착할 때쯤에 할머니에게서 전화가 왔다. 정신병원에 보내는 문제는 할머니와 아들이 동시에 동의해야 하는데, 지금 아들이 없기 때문에 그냥 주의만 주고 돌아갔다는 것이다.

경찰들이 어르신한테 주의를 주니 어르신이 울먹울먹하면서 잘못했다고 사과하는 모습을 보였다고 한다.

'할머니가 진짜로 어르신을 정신병원에 보내려고 한 걸까?' 물론 지긋지긋한 생각에 그럴 수도 있겠다 싶었지만, 그렇지 않을 수도 있다는 생각을 해봤다. 겁을 좀 주려고 했던 건 아닐까? 그거야 알 수 없지만 어쨌거나 그런 사건이 발생한 지도 벌써 며칠째 지나가고 있는데, 여전히 서로 화해를 못 하고 말도 하지 않고 지낸다고 했다.

이틀 후, 어르신의 정신이 말짱할 때, 내가 분명히 말씀드렸다. 이번 일은 백번 생각해 봐도 어르신이 잘못한 거니 할머니에게 먼저 사과하고 용서를 빌라고 했더니 절대 그럴 수는 없다고 고집을 부린다. 그렇게 평생을 살아왔으니 어느 날 갑자기 사과하는 말을 할 수는 없겠지만 자존심만 부릴 일은 아니었다. 언제나 잘못은 어르신이 먼저 저질렀다.

고독하고 쓸쓸하고 허전한 요즈음에 잠잘 적에 자꾸 헛것이 보인다고 했다. "아무래도 내가 이제는 갈 때가 가까워져 오는가 봅니다." 어르신의 나약한 모습이 왠지 가슴 한곳을 후빈다.

그래서 젊은 시절, 가장 잘나갔던 삼각지 근무지를 찾아 추억여행을 하자고 했던 것인데, 갑자기 컨디션 난조에 빠져버렸다.

  그렇게 해서 녹사평을 거쳐 삼각지로 가려던 추억여행은 잠실 롯데타워로 갑자기 변경된 것이다.

  잠실 롯데백화점 쪽으로 이동하니 빙상경기장 쪽으로 가자고 하신다. 휠체어를 밀고 빙상경기장 쪽으로 이동하니 어르신은 감개무량한 듯 한참을 바라고 계셨다. 당신이 60세가 되어서도 스케이트화만 신으면 펄펄 날던 곳이 바로 이곳이었다. 지금은 비록 휠체어에 의지한 채, 녹슨 스케이트화를 장롱 속에 보관하고 있지만 화려한 지난날을 회상하는 모습이 애잔하기조차 하다. 그날의 추억여행은 성공적으로 마쳤다.

2021 . 8 . 16 . (월)

제3장 김우백 어르신

나는 지금 어디에 서 있는가?

■ 인생은 어디로 흘러가는 것일까?

성내동 전인백 님의 침대 머리맡에 앉아 있다. 꼭두새벽에 일어나 다소 긴 샤워를 하고 이른 새벽에 출근하는 아내의 식사 시간에 맞춰 아침을 먹은 다음, 출근하는 아내를 배웅하는 일은 그에게는 이제 평범한 일상이 되어버렸다. 내가 그분을 돌보기 위해 방문한 시간은 오전 8시 30분 경이니, 모자란 잠을 보충하는 시간이 되었다.

언제부터인가 김우백 어르신은 내가 도착하는 아침 08 : 30 분 전후에는 문을 열어주기 위해 깨어 기다리는 시간이 되었다.

오늘이 그분의 요양보호를 하기 위해 두 번째 방문한 날이다. 아직도 약간은 서먹한 부분도 있지만 반갑게 문을 열어주는 그분과 이러저러한 담소를 나누며, 보살핌을 시작했다. 식탁 위에는 아내가 준비해 놓고 간 빵이며 간식거리가 가지런히 놓여있다. 그분이 빵을 꺼내놓으며 커피 한 잔을 같이 먹자고 제안한다. 차분하게 커피포트에 물을 끓여 봉지 커피 2잔을 타서 침대에 마주 앉아 느긋하게 마시며 이러저러한 이야기를 한다.

마파람에 게 눈 감추듯이 훅~ 지나가 버린 세월, 돌아보니 찬바람만 횡하니 할퀴고 간 시간이다.

70이 턱밑에 다가와 아직 아홉수에 갇힌 나이에, 어느 날 갑자기 파킨슨병이 운명처럼 찾아왔다. 설상가상 기억력의 감퇴는 노화와 더불어 자연스럽게 찾아오는 것으로만 여겼는데, 치매 초기 단계라는 청천벽력 같은 진단을 받았다.

보릿고개 넘던 시절에 태어나 가난을 밥 먹듯이 하면서 살아냈다. 건강한 몸뚱이 하나 무기 삼아 세찬 파도를 묵묵히 견뎌내던 시절이 있었다. 한창 젊은 시절에 힘쓰는 일은 그저 공깃돌 놀리듯 해치웠는데 아직도 살길이 구만리 같은 백 세 시대에, 집안에만 갇혀 지내야 하는 현실이 참으로 막막하기만 했다.

삶의 실타래가 어디서부터 꼬였을까? 평범한 사람들은 하기 어렵다는 돌 다루는 일을 숙명처럼 열심히 한 죄밖에 없는데.?
설상가상 파킨슨 판정을 받고 어리둥절한 사이에 아내마저도 신장에 문제가 생겼다.
어찌하여 악재는 연속으로 찾아오는지?

답답한 마음에 어느 날, 아내와 함께 머나먼 길 달려 고향 선친의 묘소 앞에 엎드려 응어리진 분노와 슬픔을 밖으로 드러내 대성통곡을 하며 토해냈다. 밤새도록 지나간 세월의 찌꺼기를 모두 꺼내놓고 꺽꺽 울음을 토하며 새벽이 올 때까지 응어리를 풀어냈다. 먼동이 희끄무레 밝아올 무렵, 눈이 퉁퉁 부어오를 때까지 토해낸 울음으로 서울로 올라올 때쯤에는 가슴속이 다소 후련하고 편해졌다.

인생은 어디서 왔다가 어디로 흘러가는 것일까?

곤히 잠들어 있는 김우백 님의 숨소리가 점점 높아지고 있다. 내가 이분을 위해 도와드릴 수 있는 게 무엇일까? 곰곰이 생각해 본다.

아직도 하고 싶지만 다하지 못한 말을 들어주고 공감해 주기로 했다. 컨디션이 좋은 날에는 같이 외출하기로 했다. 오늘은 컨디션이 별로 좋지 않아 실내에 있다가 점차 회복되는 대로 나가기로 했다. 성내천을 따라 한강 길을 산책하러 가기로 하고 지금은 컨디션 회복을 위해 부족한 수면을 취하고 있는 중이다.

노화와 더불어 누구에게나 다가올 수 있는 병마. 병마와 더불어 찾아온 외로움, 소외감, 그리고 상실감의 끝에는 무엇이 남을까?

약속된 케어 시간의 반이 훌쩍 지났을 때쯤, 집을 나서 성내 전통시장을 지나 천호사거리 쪽으로 걷기 시작했다. 길 건너 천호 우체국을 보면서 걷다가 현대백화점을 코앞에 두고 우회전하여 집으로 돌아왔다. 시간 관계상 한강은 내일 나가보기로 했다.

다소 피로한 내색을 했지만, 파킨슨병치고는 상당히 잘 움직이고 걸었다. 부디 나로 하여금 건강을 유지하는데, 다소나마 도움이 됐으면 하는 생각을 해보는 하루다.

2021 . 3 . 9 . (화)

▥ 풍납토성 나들이

사실 오늘은 김우백 님의 케어가 없는 날이다. 매주 월, 수, 금은 로데오 당구클럽에 가는 날이다. 그런데도 오늘 나는 과감하게 클럽 활동을 접고 김우백 님 댁으로 왔다. 어제 오후에 그분의 배우자한테 전화를 받았는데, 내가 돌아가고 나면 몹시 답답해하신다는 하소연을 들었다. 하루 정도는 클럽 활동을 포기하기로 하고 그분을 도와드리기 위해 다소 이른 시간에 그분을 찾았다.

오늘의 날짜를 물어보는 것으로 하루를 시작한다. 날짜가 가고 오는 것에 이미 무감각해진 그분은 오늘이 며칠인지 잘 모르겠다고 대답한다. 컨디션은 괜찮다고 하여 한강으로 산책하러 나가기로 했다.

동네 근린공원을 지나 대로변을 따라 천호동 쪽으로 걷다가 천호동 우체국이 나타나는 곳에서 영파여고를 끼고 풍납동 쪽으로 나가면 한강으로 나갈 수가 있다. 이정표를 따라 계속 걸어가는데, 어르신이 손금 들여다보듯이 이 길을 잘 알고 있었다.

평소 아산중앙병원에 일이 있어 차로 이곳을 지나다닌 적은 꽤 있었으나 이렇게 걸어서 간 적은 이번이 처음이라고 말하는 김우백 님은 오늘따라 파킨슨병 환자답지 않게 씩씩하게 잘 걸었다. 이럴 때 보면 전혀 환자처럼 보이지 않는다. 컨디션이 아주 좋은 날이다.

한참을 걷다 보니 길게 늘어진 둔덕이 나타났는데, 이곳이 풍납토성이다. 말로만 듣던 풍납토성을 직접 밟아본 것은 이번이 처음이다. 근처에 널찍하게 잘 조성된 공원이 나타나는데, 이곳이 바로 풍납 백제 문화공원이다. 공원은 깨끗하고 넓을 뿐만 아니라 운동기구도 많이 설치되어 있었다. 운동기구 중에서 어르신이 탈 만한 기구를 골라서 운동하는 것을 옆에서 도와주었다. 그런데 몇 가지 운동기구를 번갈아 타던 어르신이 갑자기 어지럼증을 호소하였다.

운동기구라는 게 앞, 뒤로 또는 좌우로 흔들거나 자전거를 타는 기구들인데, 어지러울 법도 한 듯하여 즉시 중단시키고 풍납토성 토끼 굴을 통과해서 한강으로 나갔다.

미세먼지에 잔뜩 찌푸린 하늘이지만 도도하게 흐르는 강물을 바라보고 있노라니 가슴이 뻥 뚫리는 듯 시원하다.

다소 먼 거리를 걸어 힘들어 보이지만 얼굴엔 화색이 돌았다. 잠시 후 집으로 복귀하기 시작했다. 중간에 어르신이 예전에 살았다는 빌라를 알려 주셨다. 알고 보니 예전에, 이곳에서 30여 년을 살았다고 했다. 그러니 동네 골목마다 손금보듯이 지리를 잘 알고 계셨다. 재건축까지 해서 번듯한 아파트에 입주하여 스위트홈을 꿈꾸었는데, 파킨슨 발병으로 인해 어쩔 수 없이 집을 팔고 지금 사는 성내동으로 이사를 했다고 한다.

그렇게 떠난 동네가 바로 이곳 풍납동인데, 늘 살던 곳에 한 번쯤은 가보고 싶다는 마음을 가지고 있었으나 엄두를 내지 못하다가 오늘에야 비로소 그 소원을 이루었다고 기뻐한다.

집에 돌아와 잠시 쉬게 한 다음, 11:30쯤에 점심 식사를 차려드렸다. 사양을 거듭하였으나 극구 같이 앉아서 한술 뜨자는 고집을 꺾을 수 없어 식탁에 앉아 점심으로 밥 한술 뜨다 보니 부득이 1시간 연장근무를 하게 되었다. 점심 약을 챙겨드리고 다시 침대로 향하는 어르신을 거들어드렸다.

삶의 무게가 어깨를 짓누른다. 무엇이 그를 그렇게 만들었던가?
몸이 성할 때는 세상에 겁나는 게 없었다. 원하던 대로 일이 잘 안 풀려도 잠시 한숨 고르고 나면 좋아진다. 건설 현장에서 그 무거운 돌을 공깃돌 놀리듯이 주물러 벽에 붙이는 작업을 했다. 나중에는 아예 자기 사업으로 돌

붙이는 사업을 했다. 힘쓰는 일이라면 그 누구에게도 뒤지지 않을 정도로 건강에 자신이 있었다. 떵떵거리며 살지는 못했어도 두 아이 가르치고 먹고 사는데, 아내를 밖으로 내몰지 않았다.

그런데, 신은 그에게 견디기 어려운 시련을 주셨다. 파킨슨…. 서서히 몸이 굳어져 가는 병이다. 갑자기 발생하는 얼음 현상, 침대에 누웠다가 일어나 첫걸음을 떼는 일이 어렵다. 생계를 대신 책임진 아내를 일터로 보내고 온종일 집에 틀어박혀 홀로 보내야 하는 시간이 두렵다. 폐쇄 공간에 대한 강박관념으로 늘 보이지 않는 두려움을 달고 산다.

어르신에게 갑자기 찾아온 병마로 아내는 생계를 책임지기 위해 꼭두새벽에 출근했다가 오후 5시쯤이나 돼야 퇴근한다. 아내가 돌아오는 시간만 손꼽아 기다리지만, 그 시간이 참으로 길다. 아내도 신부전증이라는 지병으로 고생하면서도 어쩔 수 없이 삶의 현장으로 뛰어들 수밖에 없었다. 그러니 집에 오면 피로가 온몸을 엄습하지만 온종일 자신만 눈이 빠지게 기다리던 남편의 뒷수발을 들어야 하니 그 심정이야 오죽하랴!

이래저래 어르신은 점점 자존감이 떨어져 가고 있다. 두 아들 모두 결혼하고 근처에 분가해서 살고는 있지만, 자신이 아픈 후로는 서로 왕래가 뜸하다.

요즘 젊은이들을 백번 이해하려고 해도 가끔은 서운한 생각이 문득문득 들곤 한다.

몸 성할 때는 어떤 말을 듣거나 상황이 닥쳐도 웃고 넘길 수 있었지만 아프고 나니 자식들마저도 부모를, 특히 아버지인 자신을 대하는 태도가 사뭇 달라졌다고 서운해하는 어르신이다.

건강할 때 건강을 지키지 못한 자신이 한없이 야속하다. 사는 것보다 오히려 죽는 것이 더 편하지 않을까 하는 생각이 문득문득 들어가는 요즘이다.

그러나 살고 죽는 것을 어찌 내 마음대로 할 수 있는 것인가? 그 부분은 조물주의 영역으로 남겨놓아야 하니 죽을 맛이라고 한다. 그러니 살 때까지는 주어진 환경에서 최선을 다해야한다고 조곤조곤 말씀해 드린다. 알겠노라고 고개를 끄덕이지만 석연치 않은 표정이 못내 아쉽기만 하다.

김우백 님,
사실 그분과 나는 동갑내기다. 그러나 그분은 나를 처음 보는 순간
"무척 젊어 보이시네요." 라는 말을 듣고는 차마 갑장이라는 말을 꺼내지 못했다. 그러나 그분의 모습을 보면서 나도 많은 것을 느낀다.

"잘 살아야지…"
독백처럼 되뇌면서 그 집 문을 나섰다.

2021 . 3 . 12 . (금)

■ 아직은 나도 남자다

아침에 나른한 몸 꼼지락거리느라 조금 늦게 시동을 걸었다. 부지런히 출근 준비를 하고 아침 식탁에 앉았다. 봄이라 그런지 입맛도 예전과 같진 않지만, 그럭저럭 한술 뜨고 황급히 집을 나섰다. 집에서 10여 분 걸리는 오금역에 도착하니 막 지하철의 스크린 윈도가 닫히고 있었다.

"아차, 한발 늦었네."

기왕에 늦었으니 허탈한 마음으로 다음 열차가 도착할 때까지 부지런히 승강장, 이 끝에서 저 끝까지 반복해서 왕복으로 걸었다. 하루 만 오천 보 이상 걷겠다고 목표를 정해 놓고 보니 언제 어디서든 시간이 날 때마다 무조건 걷는 것이 이제는 아예 습관이 되어버렸다.

강동역에서 내려 부지런히 김우백 어르신 댁으로 걸었다. 봄이라 그런지 오르락내리락 변화무쌍한 날씨에 항상 옷 입는 것에 신경을 써야만 했다. 어쩔 수 없는 계절의 변화를 몸소 느끼는 요즘인데, 오늘따라 아침부터 기온이 예사롭지 않다. 어르신 댁에 도착하려면 마지막 언덕을 올라야 한다. 마魔의 깔딱고개다. 뻑적지근한 다리에 힘을 주어 열심히 걸어 어르신 댁에 도착할 때쯤에는 살짝 땀이 날 정도로 더웠다.

'딩동!'

초인종을 누르니 어르신이 냉큼 문을 열어주시는데, 안색이 밝지 않았다. 사실 파킨슨을 앓고 계시는 어르신은 침대에 오래 앉았다가 갑자기 일어서려면 첫 발걸음이 잘 안 떨어져 다소 지체된다는 것을 잘 알고 있는데, 내가 출근할 때마다 벨을 누르면 어르신은 지체 없이 현관문을 열어주시곤 하셨다. 물론 현관문 열쇠 번호를 알고 있었지만, 한 번도 키를 사용해 본 적은 없다. 어르신이 불쑥 들어서는 나를 보고 혹시 놀랄지도 모른다는 우려에서이었다.

하루는 현관문을 열어주시는 어르신에게 그 연유를 물었더니, 내가 올 시간에 맞추어 거실을 서성이면서 기다리고 있다고 말씀하신다.

오늘따라 안색이 안 좋고 우왕좌왕하는 듯한 모습에 내심 '컨디션이 별로 안 좋으시구나!' 라는 생각을 하면서 집안으로 들어섰다. 그 순간 어르신 주머니에 있던 핸드폰에서 벨 소리가 연속적으로 울리고 있었다.

"어르신, 전화 받으세요."

자신의 주머니에 있는 전화기에서 요란하게 울리는 벨 소리를 못 들은 듯하여 얼른 알려 드렸다. 그런데, 주머니에서 핸드폰 울리는 소리가 연속으로 나고 있음에도 자꾸만 두리번거리는 어르신을 보고 얼른 전화기를 꺼내 손에 쥐여 드렸다. 어르신은 의아한 표정을 지으면서

"이거 받으라는 거예요?"

하고 반문한다. 순간 가슴이 철렁 내려앉는다. 평소에 멀쩡하던 어르신이 순간적으로 정신이 오락가락하여 상황 판단을 잘 못 하고 있는 것이다.

"네, 전화 빨리 받아보세요."

그제야 느릿느릿 전화를 받는다. 출근한 배우자가 어르신이 염려되어 전화로 현재 상태를 확인하면서 선생님이 오셨느냐고 묻는 소리가 수화기 너머로 슬쩍 들려온다. 이 정도면 김우백 어르신의 컨디션이 오늘은 아주 안 좋다는 느낌을 받았다.

오늘 산책을 해야 하나 말아야 하나 잠시 생각을 하다가 어르신께 물었더니 멀리는 못 가겠다고 하신다. 잠시 숨 고르기를 하면서 청소기를 돌려 거실을 정리한 다음, 어르신과 함께 집을 나섰다.

어제 센터에서 가져온 달력을 걸려고 보니 달력 걸이가 없어 천호동 사거리에 있는 다이소에 들러 접착식 달력 걸이를 알아보기 위해서 길을 나섰다. 가는 도중에 어르신이 조심스럽게 나에게 부탁의 말을 꺼낸다.

"선생님, 혹시 괜찮으시다면 약국에 들러 젤을 하나 사주시면 좋겠습니다. 어제 약방에 들러서 어렵게 부탁했는데, 거절을 당했어요. 선생님이 사주세요."

"헉! 젤을? 무슨 젤?"

파킨슨병을 앓고 계신 어르신이 성생활용 젤이 필요하다고 한다.
"그래, 비록 몸은 좀 불편해도 성적인 욕구가 있다는 것은 아직은 건강하다는 징조야."

사실 나도 아직 성생활용 젤을 사 본 적이 없기에 당황스럽기까지 했지만, 어르신을 위해서 약방을 들르기로 했다.

천호동 사거리에서 남자 약사가 있는 약방을 찾다 보니 벌써 네 군데를 지나쳤다. 평소에는 별생각 없이 약국을 다녔기에 약사가 누구든 상관이 없었는데, 오늘에야 약방마다 거의 여성 약사들이 많다는 것을 알았다. 결국 용기를 내서 한 약국에 들러 여자 약사에게 요청해서 젤을 하나 샀다.

어르신은 남자로서 그 기능을 확인하고 싶어 하신다. 전에도 몇 번 사 본 경험이 있긴 한데, 어제는 약사에게 거절당하고 나니 마음이 많이 위축되었다고 한다. 그런데, 약을 사면서 그 이유를 대충 알 것 같았다. 어르신의 발음이 조금은 어눌한 데다가 선뜻 여자 약사에게 젤을 달라는 말이 쑥스러워 입안으로만 중얼거리는 듯한 느낌을 받았다. 갸우뚱하는 약사에게 내가 명확하게 "젤을 하나 주세요."라고, 말하니 두말 안 하고 꺼내서 건네주었다.

돌아오는 어르신의 발걸음이 유난히 가벼워 보이고 표정도 밝았다. 오늘따라 햇살이 눈이 부시도록 따사롭게 내린다. 집으로 돌아오는 길에 피었던 자목련은 활짝 벌어져 어느덧 그 자태를 내려놓기 시작하였다. 벚꽃길에서 만난 흐드러진 꽃잎이 바람이 불 적마다 꽃비를 뿌려주고 있었다. 벚꽃 비를 흠뻑 맞으며 걷는 길에 노란 개나리에 잎이 파릇파릇 돋아나는 것을 보면 이 봄도 이미 가고 있는 것을 느낄 수가 있다.

당당하게 걸으면서 오늘따라 편안해 보이는 어르신의 모습에서 "아직도 나는 남자다." 라고 말하는 것 같아 한층 좋아 보였다. 덩달아 내 마음도 훈훈해진다.

며칠 후, 그날 사들인 젤을 부인에게 들키는 바람에 돼지게 혼이 났다는 말을 어르신에게서 전해 들었다. 젤은 배우자에 의해서 쓰레기통으로 직행했다나 어쨌다나…

2021 . 4 . 1

▣ 고통 없이 죽는 방법은 없을까요?

부지런히 걸어 김우백 어르신 댁에 도착했다. 지난 주말을 보내고 오는 것이니 닷새 만에 뵙는 것이었다. 문에 들어서자마자 어르신의 안색부터 살폈다. 왠지 안색이 조금 어두워 보였다.

"어르신, 잘 지내셨어요?" 인사를 하니
"아니요, 잘 못 지낸 것 같아요."
"왜 어디가 어떻게 불편하신데요?"
"그냥 힘이 하나도 없고 컨디션이 안 좋아요."

혈액순환이 안돼서 종아리가 자꾸만 마비되는 듯하다는 말에 일단 침대에 눕게 하고 마사지 기를 이용해서 전신 마사지를 해드렸다.

시원하다는 말과 함께 스르르 눈을 감으셨다. 편안한가 보다. 그렇게 30여 분간 마사지했다. 마사지라고 해 봤자, 전압용 마사지기를 이용해 전신을 자극해 드리는 것이다.

한참이 지난 후, 부스스 눈을 뜬 어르신에게

"어르신, 오늘은 어디로 산책 겸 운동을 나갈까요? 한강으로 한 번 가볼까요?"

"자신이 없는데요."

잠시 머뭇거리다가 힘없이 대답한다. 정말로 자신이 없는 듯한 표정이다. "그래도 움직여야 경직된 근육이 풀릴 텐데. 그러면 오늘은 그냥 집에서 보내지요. 뭐."

한참을 있다가 어르신이 갑자기 산책하러 나가자고 한다. 생각해 보니 그냥 누워 있는 것 보다 움직이는 게 낫겠다고 생각하셨나 보다.

복장을 일일이 챙겨서 밖으로 모시고 나왔다. 하늘은 아직도 성이 덜 풀린 듯 잔뜩 찌푸리고 있었다. 혹시 몰라서 집으로 뛰어 올라와 우산 하나를 챙겼다.

늘 다니던 길. 집을 나와 동네 근린공원을 거쳐 성내동 성당 앞을 지나 성일초등학교와 성내중학교 샛길을 지나 큰길로 나왔다. 오늘따라 허리가 자주 아프다고 하는 바람에 계속해서 앉을만한 곳을 눈으로 스캔하면서 갔다.

급한 김에 24시 편의점 의자에 잠시 앉기를 권했지만, 기어코 사양하신 다. 아침부터 남의 집 장사하는데, 혹 누가 되지 않을까 하는 우려에서였다.

사업을 하시던 어르신이 그거 하나만은 철저히 지켰다. 자신의 선친께서도 살아생전에 길을 나서다가 여인네가 앞으로 휙 지나치면 가던 길을 멈추고 집으로 되돌아오셨다는 얘기도 곁들였다.

그런 아버지 밑에서 자랐으니 아마도 그 영향을 받은 데다가 당신도 사업을 하면서 남에게 폐가 되는 일은 결코 하고 싶지 않아 하신다.

아무튼 다소 불편한 자세로 강동경찰서까지 와서 늘 쉬어가던 돌의자에 앉아 쉬었다. 그때부터 허리통증이 자주 오나 보다. 강동보건소를 지나 강동구청까지 오니 쉬기 편안해 보이는 의자가 있어, 또 한참을 머물렀다.

걷다 쉬기를 반복하면서 영파여고를 지나 길 건너 맞은편에 천호우체국이 보이는 장소를 반환점으로 정하고 되돌아오기로 하였다.

걸으면서 계속 살펴보는데, 왠지 어르신의 걸음걸이가 휘청이는 듯 불규칙했다. 평소보다 더욱더 심하게 흔들렸다. 혹시 몰라 옆에 바짝 붙어서 같이 걸었다.

돌아오는 길에 성내 파출소 앞에서 잠시 앉아서 쉬는데, 갑자기 어르신이 바닥으로 털썩 주저앉는다. 그야말로 나무토막처럼 무너져 내렸다. 바로 옆에 앉아 있던 내가 순간적으로 팔을 붙들지 않았으면 길가로 나뒹굴었을지도 모를 상황이었다.

깜짝 놀라 팔을 잡고 일으키려 하자 옆에 있던 생면부지의 노부인이 황급히 달려와 같이 부축해서 앉혔다. 표정을 살펴보니 창백했다. 괜찮으시냐고 연거푸 물었더니 어지럽다면서 잠시 쉬면 낫지 않겠냐고 말씀하신다.

그런 와중에도 부축해 준 어르신한테 감사하다는 말을 잊지 않았다. 요즘 아이들 같으면 모른 척 지나쳤을 거라면서 거듭 감사하다는 인사를 한다.

그렇게 얼마간의 시간이 흐르고 조금 정신이 든 다음 나의 부축을 받으며 다시 일어나 걷기 시작했다. 걷다가 이제 어느 정도 괜찮아졌는지 부축하던 팔을 놓으라고 한다.

한참을 걸어 성내 전통시장을 지날 즈음, 불쑥 한마디 하신다.

"잠자듯 고통 없이 죽는 방법은 없을까요?"

그런 말을 듣는 순간 가슴이 알싸해진다. 오죽했으면 그런 말을 할까?

"없어요. 그런 방법은 절대 없어요. 죽음이라는 것은 내가 선택하는 게 아니라 신의 영역이라고 봐야 할걸요. 그런 생각을 하는 대신에 죽기 살기로 악착같이 살아내셔야지요." 단호하게 대답한다.

이 순간에 그런 대답을 해줄 수밖에 없었다.
하지만 어르신의 그 한마디가 내 마음속에도 긴 울림으로 남았다.

세상에 아파지고 싶어 아픈 사람이 어디 있겠는가마는 노년에, 병고에 시달린다는 것이 이토록 힘들고 어렵다는 것을 반증하는 시간이다.

그중에서도 심리적으로 가장 힘든 부분은 가족들과의 관계이다.

파킨슨병 판정을 받고도 그럭저럭 2년은 하던 사업을 근근이 유지했다. 그러다가 본격적으로 손을 놓은 것은 불과 1년 정도라고 기억하는 어르신은 그동안 적지 않은 환경의 변화를 겪어야만 했다.

장성한 두 아들은 모두 혼인하고 분가해 살고 있다. 부부만이 덩그러니 남은 노년에 어르신 대신 생계를 책임질 수밖에 없는 아내가 일터로 나섰다. 그러니 어르신은 아내가 출근하고 난 후에 텅 빈 집에 혼자 남아 집을 지킬 수밖에 없었다.

아내가 힘들게 직장 일을 마치고 퇴근 후에도 어르신의 병시중을 들어야 하니 그 고충이야말로 어찌 말로 다 표현할 수 있을까?

하지만 어르신은 아내와 자녀들이 자신을 대하는 태도가 사뭇 달라졌다고 생각하니 은근히 서운하기만 하다. 유난히 일 욕심이 많은 어르신이 오로지 가족인 아내와 아이들만을 위해 평생 물불 안 가리고 뼈 빠지게 일했는데, 이제 와 자신이 아파지고 보니 마치 허허로운 바다에 홀로 떠 있는 섬 같은 존재가 된 게 아닌가 하는 쓸쓸한 생각이 든다고 했다.

개밥에 도토리 신세가 된 느낌이라면 과한 표현일까?

어렵사리 두 아들 모두 대학 공부까지 시키고 어학연수까지 보내느라고 정작 자신은 이렇다 할 취미생활조차 못하고 흘려보낸 세월이다. 생각해 보니 참으로 허무하기 그지없다.

온종일 텅 빈 거실에서 아내가 퇴근하기만을 손꼽아 기다려야 하는 자신의 신세가 한없이 처량하기 그지없다. 가족들이 마치 자신을 부담스러운 짐짝 취급을 하는 것 같아 더더욱 위축된다고 하셨다.

"이런 세상을 언제까지 이어가야 하나?" 어르신의 자조 섞인 목소리가 비수와 같이 내 가슴을 파고든다.

옆에서 지켜본 바에 의하면 가족들이 어르신을 그렇게 짐짝 취급하거나 무시하는 것 같지는 않은데, 어르신이 느끼는 감정은 그런가 보다. 환자를 돌보는 가족들의 그 어려움을 내가 모를 리가 없다. 집안에 환자가 한 사람 생기면 가족 모두는 환자가 느끼는 어려움 이상으로 고통을 감내하고 있다는 것을 잘 안다. 하지만, 환자가 느끼는 감정은 또 다른 것으로 생각한다. 어려운 일이겠지만 가족들이 환자를 대하는 데 있어 가급적 표시가 나지 않도록 조심스럽게 해야 할 필요가 있음을 짐작해 본다. 헌신적인 사랑이 없으면 불가능한 일이다.
어쩌면 그것이 사랑으로 둘러쳐진 가족이라는 마지막 울타리이기 때문일 것이다.

그렇게 산책을 마치고 돌아와 어르신은 곤한 잠에 빠졌다. 꿈속에서나마 건강했던 시절로 돌아가 마냥 행복했으면 좋겠다.

2021 . 5 . 18 (화)

▨ 그분이 나를 잡네
(경직)

어제는 불기 제 2565년 부처님 오신 날이다. 코로나 여파로 최소한의 인원만 참석하여 간소하게 치러졌다는 뉴스 보도를 보면서 출근길에 올랐다. 연일 비가 내리는 와중에 어제는 반짝 날씨가 개었다가 오늘 아침부터 잔뜩 찌푸린 하늘에서 빗방울이 곧 떨어질 듯 흐린 날씨다.

우산을 들고 집을 나섰다.
오월의 날씨치고는 참으로 변덕이 심해 어제는 초여름 날씨였는데, 오늘은 다시 선선하다. 부지런히 김우백 어르신 댁으로 발걸음을 옮겼다.

"딩동딩동" "똑똑똑"

현관 앞에서 한참을 기다려도 문이 열리는 기색이 없어 문에 바짝 귀를 대고 들어보니 희미하게 앓는 소리와 새어 나왔다.

"아차, 무슨 일이지?"

불길한 예감에 현관 비밀번호를 눌러 문을 열고 들어가니 김우백 어르신이 침대 옆에 놓여있는 의자에 반쯤 걸터앉은 채, 손과 발을 부들부들 떨고 있었다. 얼굴은 벌겋게 상기된 채 앉은 것도 아니고 선 것도 아닌 자세로 굳어있었다.

"어르신, 언제부터 이러고 계셨어요?"
"한 시간째 이렇게 하고 있었어요."
"얼마나 힘들었을까?"

황급히 일으키려 하는데, 몸이 굳어 꼼짝을 할 수가 없었다. 일단 의자에 반듯이 앉히고 난 다음 다리를 마사지해서 굳은 근육을 풀었다. 전화기가 어디 있나 살펴보니 전화기는 침대 머리맡에 그대로 있었다. 침대에서 일어나 의자까지 와서 앉다가 이런 일을 당하고 나니 전화기를 사용할 수조차 없었다.

얼마간의 시간이 흐른 후, 부축해서 일으킨 다음, 손을 잡고 거실을 한 바퀴 돌았다. 그다음부터는 불안하기는 하지만 혼자서 거실 몇 바퀴를 더 걸을 수 있도록 하니 어느 정도 근육이 풀렸다는 신호를 보낸다.

침대에 눕히고 마사지기를 이용해서 하체 위주로 마사지를 시작했다. 30

여 분이 지났다. 그냥 집 안에 있으면 또 근육이 경직될 수도 있겠다는 생각에 외출을 권유했다. 처음에는 주저하다가 집에 앉거나 누워 있는 것보다는 공원 쪽으로 걷기를 결심하고 우산을 챙겨 밖으로 나왔다.

막상 나오고 보니 빗방울이 간간이 떨어지고 있었다. 조금은 불안한 마음이기는 하지만, 비가 쏟아지면 건물 어디로 피했다가 오면 되겠다는 생각에 그냥 출발했다. 그런데, 생각 외로 걸음을 잘 걸었다. 컨디션이 괜찮다는 신호다.

"다행이네…" 혼잣말처럼 중얼거렸다.

정말 다행이란 생각이 들었다. 걸으면서도 계속 신경이 쓰여 혹시라도 있을지 모를 긴급상황에 대비하면서 걸었다. 갑자기 넘어질 수도 있다는 생각에 부상을 방지해야 한다는 생각밖에 없었지만, 생각 외로 잘 걸으니, 안심되었다.

오는 길에 성내 전통시장에 있는 단골 제과점에 들러 어르신이 좋아하는 빵 오천 원어치를 샀다. 어물점 앞에서 잠시 걸음을 멈춘 어르신은 씨알이 굵은 생멸치를 계속 관찰하고 있었다. 난 서둘러 등 떠밀면서 집으로 오는 길을 재촉하니 어쩔 수 없이 십여 미터를 오다가 아무리 생각해도 생멸치를 한 번 더 보러 가자고 한다. 아니 생멸치를 사서 어떻게 먹으려고? 장사하시는 분이야 신선도가 좋다고 말하지만, 그렇다고 회를 쳐 먹을수도 없지 않은가?

어르신은 원래 생으로 먹는 것을 좋아한다고 했다. 예전에 바닷가 근처에 살았기에 각종 어류의 회는 물론이고 소의 간을 먹는 것도 좋아한다고 했다.

오늘만큼은 생멸치회를 먹는 것을 극구 만류했다. 떨어지지 않는 발걸음을 등 떠밀어 집으로 왔다. 아쉬운 듯 발걸음을 돌린 어르신은 언제 한번 가락시장을 가서 소간을 사 오자고 제안한다. 가락시장이야 내가 살고 있는 동네 근처이니 갈 마음만 있으면 언제든 갈 수 있으나 소간을 먹겠다는 말에는 나도 모르게 미간이 찌푸려졌다.

집으로 돌아온 후, 간식으로 빵을 먹다가 아예 점심 식사 준비를 시작했다. 늘 배우자분께서 국과 반찬을 정성스럽게 만들어 놓고 나가시니 나는 수저와 반찬통을 내놓고 밥과 국을 푸기만 하면 된다.

어르신 점심때 먹는 약까지 챙겨드리고 대충 정리를 한 다음 테그를 하고 집을 나섰다. 언제 어느 순간에 또 근육 경직 현상이 오는지 걱정이 된다. 요즘 들어 자주 그런 현상이 온다는 얘기도 들었다.

2021 . 5 . 20 (목)

■ 부부가 마음이 돌아서면 남남

오늘도 어김없이 전인백 어르신을 방문하는 날이다. 오늘따라 퉁퉁 부어 있는 얼굴로 불만을 토로하는 어르신을 보면서 그 이유를 물었더니 배우자에 대한 섭섭함에 연신 열을 올리고 있다.

무엇이 그리도 서운할까?

배우자는 어르신을 대신해서 생활전선에 뛰어들었다. 새벽 4시 전후해서 일어나 어르신과 함께 이른 아침을 먹고 출근했다가 오후 4시가 조금 넘은 시간에 퇴근한다고 하니 그 고단함이야 이루 말할 수 없음을 미루어 짐작이 간다.

그런데, 허구한 날 몸에 경직이 왔다고 직장에 있는 자신에게 전화하니 일을 하는 배우자의 입장에서 보면 여간 곤란한 일이 아닐 수 없는 것 아닌가?

그렇다고 일을 팽개치고 매번 집으로 올 수도 없는 일이니 그냥 시간 지나 경직이 풀릴 때까지 참아보라고 할 수밖에 없었다. 처음에는 집 근처 10여 분 거리에서 꽃가게를 운영하는 둘째 아들 부부에게 잠깐만이라도 아버지에게 가보라고 부탁했는데, 나 몰라라 하는 바람에 둘째 아들과 며느리에게 서운한 감정이 쌓여 지금은 아예 왕래조차 하지 않고 있다. 물론 둘째 아들 부부에게도 나름대로 사정이 있으려니 생각하지만, 이건 살고 죽는 문제라고 생각하니 가끔은 서운한 감정이 연기처럼 모락모락 올라왔다.

배우자 생각에는 둘째네 부부가 같이 꽃가게를 운영하고 있으니 둘 중에 한 사람 정도는 잠깐 시간을 내서 아버지를 살필 수 있으리라 생각했는데, 그렇지 못함에 못내 서운한 감정이 들었다. 아들에 대한 서운함보다는 며느리에 대한 서운함이 훨씬 큰 듯하다.

이러저러한 감정이 얽히고설켜 지금은 큰아들네하고도 형제지간에 등지고 사는 형편이 되었다. 물론 그 중간에는 며느리들 간의 감정싸움이 또 한몫한 모양새다. 어릴 때는 살뜰하게 귀여움을 떨던 막내아들이 장가를 가고 난 이후로 변했으니, 며느리에 대한 원망이 하늘을 찌른다.

어쨌거나 어르신이 갑자기 경직 상태가 되어 꼼짝달싹 없이 몇 시간을 고통스럽게 견디어 내는 일은 어느새 그냥 일상이 되어버렸다. 그러니 어르신 처지에서는 고통스럽게 견디고 있는 자신의 처지를 대수롭지 않다는 듯이 대하는 아내가 원망스럽게 느껴진 것이다. 하지만 내가 볼 때는 천만 번 생각해도 아내의 입장을 이해할 수밖에 없다. 배우자가 어르신의 상태를 대수롭지 않다고 생각하는 것은 아닌데, 지병도 있는 몸에 하고 있는 일도 육체적인 노동이니 오죽 고단할까만 우선은 힘든 자신을 생각하는 마음이 덜하다는 오해가 아내에게 서운함으로 느껴지나 보다.

"부부가 마음이 돌아서면 남남보다 못한가 봅니다."

어르신은 서운한 감정이 극에 달했다. 더구나 자신은 가족들 안에서 외톨이가 된 듯한 느낌에 더욱 서러웠다. 무슨 일이든 아들과 아내가 속닥거리기 일쑤이고 그 대화 속에 자신의 존재는 없다고 생각되니 하루하루 살아내는 것이 힘들다고 얘기한다.

어떤 날은 지나가는 차에 뛰어들 생각을 몇 번이나 했다. 실행으로 옮기지는 못했지만, 한강에도 가보고 탄천 아래로 뛰어내릴 생각을 하고 집을 나선 적도 몇 번이나 된다고 했다.

아내가 가끔 "당신은 내 말을 안 들어서 지금, 이 고생을 하고 있는거야." 매몰차게 쏘아붙일 때가 가장 원망스러웠다. 곰곰이 생각해 봐도 무슨 말을 안 들었다는 것인지 도무지 이해되지 않았다.

"내가 무슨 말을 안 들었냐?" 라고 항변을 해보지만, 뚜렷한 답변을 들은 것은 없었다. 다만, 칠십 평생을 가족을 위해서 뼈 빠지게 고생하면서 일구어 놓은 사업이 어르신의 파킨슨 발병으로 하루아침에 모래성 무너지듯 무너져 버렸고 늘어나는 병원비에 깔린 외상값을 제대로 받을 수조차 없어 살림이 곤궁하게 되었다. 건축 현장에서 건물 외관이나 바닥에 돌을 시공하던 사업을 하였으니 그 규모로 보아 떼인 외상값이 몇백만 원이 아니라 억대를 넘어섰다고 한다.

하는 수 없이 열심히 사업을 해서 풍납동에 장만했던 아파트도 팔 수밖에 없었는데, 아내의 반대에도 불구하고 아파트를 팔려고 결정한 것이 어르신이었다. 그때 아내의 말대로 아파트를 팔지 말았어야 하는 건데…하는 생각도 들지만, 어르신의 판단으로는 팔 수밖에 없는 상황이라고 생각했다.

아내는 아파트를 팔지 말고 전세를 내고 자신들은 그보다 작은 집으로 전세를 가면 어떻겠느냐고 했지만, 어르신의 생각은 달랐다.

아파트를 팔아 지금 살고 있는 성내동의 빌라 6층으로 줄여서 올 수밖에 없었던 상황이 두고두고 아내에게 핀잔을 듣는 빌미가 되었다.

그것 말고는 아내 말을 안 들어서 핀잔을 들을 만한 일을 한 적은 없었다. 파킨슨 발병 전까지 평생을 가족을 위해서 일한 죄밖에 없었다. 어르신이 일을 하는 동안 아내를 가사일 외에는 그 어떤 일도 시키지 않았다고 어르신은 힘주어 말한다.

2021 . 6 . 1 (화)

■ 사랑하는 내 가족

며칠 전, 아산중앙병원에 함께 갔던 일이 고맙다며 점심식사를 같이 하자고 어르신이 제안하셨다. 성내 시장에서 추어탕이나 함께 먹자고 하니 장어 정식을 잘하는 집을 알고 있는데, 꼭 그곳으로 가자고 한다. 어르신의 제안이 고맙긴 하지만 설득해서 추어탕집으로 갔다. 오랜만에 음식점에 앉아 추어탕을 같이 먹으면서 지난 세월에 관한 이야기로 꽃을 피웠다. 어르신이 지난 시절의 이야기를 무용담처럼 하실 때에는 정말 아픈 사람같이 보이지 않았다. 한때는 잘나가던 사업 이야기, 자식 이야기, 그리고 고향 이야기까지 해도 해도 끝이 없는 이야기를 들어드리다 보니 시간이 많이 흘렀다.

점심 식사 후 근처 신한은행에 볼일이 있어 함께 가기로 했다. '개똥도 쓰려고 찾으면 안 보인다'고 천호사거리에서 은행을 찾아 헤매다가 가장 가깝다는 강동역까지 걸어갔다. 은행에서 순번 대기 중 급히 소변을 보겠다는 어르신을 모시고 3층 화장실까지 갔다 오니 번호표 순서가 지나 다시 뽑아야 하는 번거로움을 감수했다. 아마도 어르신이 전립선 쪽에도 약간의 문제가 있는지 자주 소변을 본다. 어르신의 상태를 종합적으로 판단해서 외출할 때도 미리 용변을 보게 하고 이동 중에도 이용할 수 있는 화장실(공중화장실, 또는 공공기관 화장실)을 꼼꼼히 체크해 두었다가 대비해야 한다.

돌아오는 길에 어르신은 둘째 아들이 보고 싶다며 꽃가게를 한번 가보자고 한다. 집에서 불과 얼마 떨어지지 않은 곳에서 둘째 아들이 꽃가게를 운영하고 있다. 가족 얘기를 할 때는 입버릇처럼 자녀들에 관한 이야기가 빠지지 않았는데, 오늘은 강동전철역 지하 1층에서 꽃가게를 한다는 둘째 아들이 보고 싶다고 했다. 아는 체는 하지 말고 슬쩍 보고만 가자고 제안하신다. 어제도 보고 싶어 혼자 찾아왔었는데, 못 찾고 길만 헤매다가 돌아갔다고 말한다.

아들이 운영한다는 꽃집을 찾아 멀찍이서 살펴보는데, 아직 출근하지 않았나 보다. 꽃가게는 아직 불이 켜지지 않았다. 어르신과 나는 조심조심 가게 앞을 멀찍이 돌면서 가게 안의 동태를 살핀다. 그런데, 아무런 기척이 없다.

처음에는 어르신을 멀찍이 있으라고 하고 내가 먼저 가게 앞으로 가서 안을 살폈는데, 아직 오픈전인가보다. 그제야 어르신도 가게 옆을 빙 돌아 살피기 시작했다.

혹여 아들 눈에 들킬까 전전긍긍하는 모습을 보면서 왠지 모를 복잡한 생각이 들었다.

아버지가 아들을 보는데, 왜 이런 현상이 벌어져야 하는 걸까?

그 앞에서 한참을 머문 다음, 무거운 마음으로 발길을 돌렸다. 돌아보고 또 뒤돌아보고….

집에 도착해서 식사를 준비하는 동안 침대에 앉아 있던 어르신이 갑자기 서러운 눈물을 쏟아냈다. 어깨까지 들먹이며 울음을 터트린 어르신이 안쓰럽게 느껴졌다.

"소풍 갔다 돌아올 때면 어김없이 고사리손에 선물을 들고 와 내밀었어요."

어린 시절의 막내아들 모습이 오늘따라 그리웠던 모양이다. 어쩌다 큰아들과 막내가 서로 반목하면서 원수진 사람들같이 되었는지 그 생각만 하면 가슴이 미어진다고 했다.
"형제가 화해하지 않으면 난 죽어도 눈을 감지 못할 거예요."

다시 울음이 터졌다.

"한번 기다려 보세요. 기회가 되면 제가 조용히 큰아들을 만나 볼게요."

성진이는 어르신의 큰아들이다. 성진이를 만나서 어르신의 진심을 알려주고 형제간의 화해를 유도해 볼 요량이다.

또 하루가 깊어져 간다.

2021 . 6 . 16

▥ 지옥과 평화는 동전의 양면

오후 모임이 있어 오늘은 집에서 조금 일찍 출발했다. 토요일임에도 불구하고 김우백어르신의 배우자께서 격주 일하는 토요일이라 내가 출근하기를 부탁했기에 부득불 출근했다.

현관에서 몇 번 문을 두드렸으나 반응이 없어 키를 열고 문을 여니 상상했던 일이 벌어져 있었다. 침대 모서리에 엉거주춤 반쯤 몸을 일으킨 상태에서 경직이 왔다. 불안정한 자세로 몇 시간을 견디었다는 어르신의 얼굴은 벌겋게 달아오른 채, 가쁜 숨을 몰아쉬고 있었다.

"선생님, 빨리요…"

애원에 가까운 음성이 떨리고 있었다.

어르신을 일으켜 긴급하게 마사지하면서 마음을 안정시켰다. 마사지건을 이용해 20여 분을 종아리 위주로 마사지하니 어느 순간 "풀린 것 같아요"라고 긴 숨을 몰아쉬었다.

갈증을 호소해 냉수를 주니 꿀꺽꿀꺽 잘도 들이킨다.

그러고 나서는 아무 일도 없었다는 듯이 벌떡 일어나 움직이기 시작했다.

"참나"

파킨슨이라는 병마가 이런 것인가!

긴 시간을 경직되어 버티면서 오로지 선생님이 오실 것이라는 믿음 때문에 그 시간까지는 버텨야겠다는 희망으로 고통을 견디어 냈다고 말한다.

잠시 후,

안심되니 긴장이 풀리면서 졸음이 쏟아진다고 했다. 내가 옆에서 있을 터이니 아무 걱정하지 말고 푹 주무시라고 했더니 금세 잠이 들어 새근새근 코를 골면서 주무신다.

고요와 함께 평화가 이곳을 물들였다.

지옥과 평화는 동전의 양면 같다. 손바닥 뒤집기처럼 변화무쌍하다.

내가 이곳에 머무르는 3시간 동안 평화는 계속 머무를 것이고 그 이후에
는 어떤 일이 또 벌어질지 아무도 모른다.

2021 . 6 . 19 (토)

▥ 이별의 시간
(요양원으로)

어르신의 상태가 좋아지기보다는 똑같은 현상이 반복되어 일어나다 보
니 배우자는 모종의 결심을 하고 있었다. 물론 큰아들하고는 수시로 상황
에 대해 논의하고는 있지만 달리 뾰족한 방법을 찾을 수가 없다고 판단한
모양새다.

어느 날, 배우자는 나에게 은근히 속내를 드러내면서 "선생님, 아무래도
요양병원을 알아보아야 할 것 같아요." 하는 것이다.

평소 요양원이나 요양병원에는 될 수 있는 대로 안 보내시는 게 좋다고
조언하던 나도 더 이상 가족의 일에 끼어들 수는 없었다. 그렇지만 어르신
에게 미리 말씀을 드려 마음의 준비를 하시게 하는 게 좋겠다는 원론적인
이야기만 했다.

그때부터 어르신이 머물러야 할 요양원을 알아보기 시작하더니 어느 날, 요양원 원장을 면담하고 왔다는 얘기가 들렸다.

그리고 일주일 후, 어르신이 입소하시게 될 요양원이 결정되었다고 하였다. 집에서 가까운 굽은다리역 근처 어디라고 했다. 어르신에게도 얘기했는지 평소보다 풀이 죽은 모습이 애처로워 보였다. 먹고 살아야 하는 문제가 있으니, 배우자가 직장에 나가서 마음 편하게 일할 수 없는 상황이라 부득이 내린 결정이었고 어르신도 어느 정도 체념을 한 듯 보였다.

요양원 얘기만 나오면 펄펄 뛰던 어르신이 어느 날은 풀죽은 목소리로 내게 귀띔을 해주었다.

"어쩌겠어요, 나 때문에 일을 못 한다고 하니, 먹고는 살아야 하지 않겠어요?"

말은 그렇게 하지만 표정은 몹시 어두웠다. 물끄러미 창밖을 응시하는 시선은 초조함으로 물들어 있었다.

"어르신, 일단 가서서 살아보시고 정 힘드시면 퇴소시켜달라고 하세요."

어르신을 안심시켜야 하겠기에 긍정적으로 생각하시라고 몇 번이고 다짐을 해두었다.

드디어 입소하기 전날, 나로서도 마지막 보살피는 날이 되었다. 마지막 날이라 센터장도 오늘 어르신 댁에 와서 이러저러한 위로를 하였다. 케어 시간이 끝나고 현관문을 나서기 전에 나는 어르신의 두 손을 꼭 잡아드리면서 "어르신 그곳에 가셔서도 꼭 건강하셔야 해요. 견디어 보시다가 정 어려우시면 전화하세요."

현관문이 채 닫히기도 전에 거실에서는 어르신의 울음소리가 크게 들려왔다. 마음속으로 숨죽여 울던 울음이 마지막이라는 소리에 밖으로 터져 나온 것이다. 어르신 집을 벗어나는 내내 그 울음소리가 마음 한구석을 송곳처럼 후벼팠다.

제4장 정갑순 어르신

〈정갑순 어르신 돌봄〉
황혼의 인생

▦ 김형석 교수님의 '행복론'을 읽으며

새벽 6시 20분에 기상을 하여 이른 아침을 먹고 집을 나선다. 4년 넘게 몸이 불편하신 어르신을 보살피다가 2022년 11월에 모든 것을 접었다. 그 이유로는 내가 보살피던 분이 결국 요양원으로 가신 것도 있지만 칠순을 맞은 나의 체력에도 서서히 한계가 왔기 때문이다.

그러나 감정노동자인 요양보호사 일은 때로는 굳건한 체력과 정신력도 겸비해야만 그 일을 수행할 수 있기에 홀가분한 마음으로 정리하고 내 본연의 글쓰기에 전념할 생각이었다.

모든 것을 정리하고 나니 이제야 제정신이 돌아온 듯 숙제처럼 미루어 두었던 글쓰기에 전념할 수 있었다. 그래서 계묘년 새해에 첫 시집 '별빛 사랑'을 상재하게 되었다, 그런데, 2월에 들어서 한 요양센터에서 전화 한 통이 걸려 왔다.

"선생님, 도움이 필요한 어르신이 있으니 꼭 한번 나오세요."

이미 마음의 정리를 마친 나는 정중히 고사를 하고 망설였다. 계속된 간곡한 부탁에 차마 거절하지 못하고 '가서 얼굴이나 뵙고 와야지' 라는 생각으로 약속 장소로 나갔다.

어르신 댁 거실에 들어서는 순간 십자고상과 성모님 상, 그리고 성가정 상이 한눈에 들어왔다.

"아! 독실한 크리스천이시구나."

어려서부터 가톨릭 신앙의 집안에서 태어나 시골 성당에서 만난 두 분이 결혼까지 했다. 남편의 세례명이 '벨라도' 그리고 케어를 부탁하실 분은 그분의 부인이신 '도로리나' 자매님이라고 소개하셨다. 얼떨결에 그렇게 또 인연이 맺어지고 다음 날부터 도로리나 자매님의 신장 투석 병원으로 일주일에 세 번씩 병원 나들이가 시작되었다.

이것도 '거스를 수 없는 운명의 흐름' 인가 라는 생각에 나는 오늘도 새벽잠을 누리지 못하고 삶의 현장으로 달려야 했다.

병원 근처에 거여동 성당이 있었다. 반가웠다. 그동안 다소 소홀했던 신앙생활을 이곳에서 되돌아볼 생각이었다.

자매님이 투석하는 3시간 동안은 오롯이 나의 시간이었기에 그 시간 동안 처음에는 집에 가서 쉬다가 왔는데, 생각해 보니 그 시간이 아까워 오늘은 거여동성당 만남의 방에 와서 책을 읽기로 했다.

성당은 내 어린 시절부터 미사 집전 시 신부님의 옆에서 시중을 들던 복사 직을 수행했고 한 때는 20여 년이라는 짧지 않은 세월을 성당 사무실에서 근무한 적이 있으니 왠지 마음의 안식처가 될 듯한 느낌이 들었다.

다소 이른 시간에 성당에 들어오니 관리인이 이상한 눈초리로 묻는다.

"어떻게 오셨어요? 신자세요?"
다소 의심스러운 물음이었다.

"네, 가락2동성당 신자예요."
"그래요? 들어올 때 보니 성모님께 인사도 안 하는 걸 봐서 신자가 아닌가 해서요."

아마도 CCTV로 내가 성당으로 들어오는 모습을 보았나 보다. 사실 거여동 성당은 처음 온 성당이기에 성모님 상의 위치를 잘 몰라 그냥 사무실 쪽으로 향했기 때문에 받은 오해일지도 모르겠다.

의심의 눈초리를 거두지 않는 모습이 역력해 보였다. 더 이상 신경 쓰지 않고 가방에서 책을 꺼냈다. 얼마 전에 선물 받은 100세 철학자 김형석 교수님의 '100세 철학자의 행복론'이라는 책이다. 올해 들어 104세인 교수님은 아직도 정정한 모습으로 강연과 집필활동을 하고 계신다. 늘 마음속에 존경의 예를 갖추는 이 시대의 어른이고 선각자이다.

위 책에서 교수님은
"행복이 머무르는 곳은 언제나 현재뿐이다. 지금 여기에 있는 행복이 진짜 행복이다."
"사랑이 있었기에 나는 행복했습니다. 여러분도 행복하세요." 라고 했다.

젊은 시절 호주의 한 목사님이 교수님이 다니던 평양에 있는 중학교에 와서 수수께끼를 내시는데 그 제목은 '세상에서 제일 강한 것은 무엇인가?'라는 문제였다.

세상에서 제일 강한 것은 '정의'라고 답했는데, '사랑' 이라고 답한 3학년 선배가 1등 상을 받았다. 2등 상을 받은 교수님은 상장에 2등이라는 글자를 지우고 대신 스스로 1등이라고 바꾸어 썼다.

한동안 그 신념에는 변함이 없었다.

그로부터 10년 후, 일본 도쿄로 유학을 가서 고학으로 공부하면서 많은 사람의 후원과 도움을 받으면서 생각에 변화를 느끼기 시작했다.

'사랑'이 없었다면, 정의로움만 따졌다면 과연 그 어려운 시련과 난관을 극복할 수 있었을까? 조건 없는 사랑이 자신을 그 어려움에서 구해줄 수 있었다고 고백한다.

책을 읽고 있던 내 주위를 몇 번이고 왔다 갔다. 하던 관리인은 그래도 미덥지 않았던지 다시 슬며시 다가와서 불쑥 한마디를 건넨다.

"진짜 신자가 맞으시나요?"

나도 모르게 불쑥 볼멘소리가 튀어나왔다.

"제가 신자라고 몇 번이나 말씀드렸는데, 못 믿으시겠냐?"고 하면서 하지 않아도 될 말까지 해버렸다.

"저도 성당 사무실에서 20여 년간 근무했어요. 왜 자꾸 질문하시는지는 알겠지만…"
나의 퉁명스러운 말투에 당황한 기색으로 그분은 돌아간다.

공연히 말했나?

미사 시간이 가까워 대성전으로 올라가야겠다.
오늘 모처럼 평일 미사에 참석하게 되었다. 이것도 큰 은총이지.

관리인은 어디선가 CCTV로 나를 계속 지켜보고 있겠지. 정말로 미사참례를 하는지, 신자인지 확인할 것이다. 오전 10시 미사를 드리러 교우들이 한 두 분씩 채워지고 있는 대성전으로 올라갔다.

"하느님, 감사합니다."

2023 . 2 . 21 (화)

■ 병원에서 환자는 '을'인가?
(거여동 S 병원에서 벌어진 일)

나이 들고 연식이 높아질수록 병원 찾는 일이 잦아든다. 그러나 어쩌랴! 여기저기 고장 나는 몸을 그나마 추스르고 의지하기 위해서는 결국 병원 신세를 져야 하는 상황인걸.

위례신도시 거여동 쪽에 있는 S 병원은 인공신장 투석 전문병원이다. 불과 한 달 전부터 내가 이 병원을 드나들기 시작했다. 당뇨로 인해 신장 기능이 약해진 84세 된 자매님(할머니)을 일주일에 세 번씩 모시고 와야 했기 때문이다. (천주교 신자인 할머니를 나는 도로라나 자매님이라고 불렀다)

병원에 한 번 오면 3시간 30분 동안 침대에 꼼짝 못 하고 누워 피를 걸러내야 했다. 그 시간이 끝나면 지혈하는 시간 10여 분, 이래저래 네 시간이라는 시간을 꼬박 침대에 묶여 있어야 하니 오죽 답답하고 힘들까? 내가 생각해 봐도 이 일은 보통 일이 아니다.

그 어렵고 힘든 일을 꼬박 참아내야 하는 할머니를 보면서 대단하기도 하거니와 참 안됐다는 생각을 해보곤 한다. 치열한 삶과의 투쟁이다.

난 요양보호사로서 할머니를 집에서 병원까지 옮겨드리는 일을 한다. 혈액투석을 하는 시간 동안은 어디든 대기했다가 끝날 때쯤에 모시고 돌아오면 되는 것이다.

간호사의 말에 의하면 치매 초기 증상을 보이시는 할머니가 투석 중에 소리를 지르시거나 자신도 모르게 욕을 한다는 것이다. 그래서 투석 시간 내내 보호자가 옆에 있어야 한다는 게 병원 쪽 입장이다.

병실 옆에는 대기실(문 하나 사이에 붙어 있어 언제든 병실 내 상황을 인지할 수 있음)이 있는데, 병원 요청에 의거 그곳에서 대기하며 할머니의 동태를 살피기 시작한 것이 벌써 세 번째이다.

하루는 병원에 모셨다가 놓고 아침 식사를 하기 위해 잠시 자리를 비웠다가 돌아오니 할머니는 곤히 주무시고 계셨다. 어떤 간호사가 문 들어서는 나를 보고 할머니 침대 머리맡에 의자를 놓고 지키고 있으라고 한다. 사뭇 지시 조로 말하는 그 간호사의 냉랭한 목소리가 듣는 나로서는 왠지 모르게 거부감이 들기에 충분했다.

"아니, 지금 할머니가 곤히 주무시고 계시는데, 머리맡에 앉아 있으라고 하는 건가요?"하고 대꾸하면서 "대기실에 있다가 무슨 일이 생기면 그때 나와서 돌봐도 되는 거 아닐까요?" (대부분의 환자 보호자는 그렇게 했다)

나도 모르게 볼멘소리가 나왔다. 그 과정에서, 마치 누군가에게 명령하듯 쏟아내는 간호사의 말투로 마음이 상해 이런저런 말들이 오갔다.

병원에서 환자는 '을'인가! 갑질하는 듯한 간호사의 태도에 나 역시 마음이 몹시 상했다. 대기실로 돌아온 나는 성이 풀리지 않아 간호사로 임용될 때 나이팅게일 선서를 한다는 얘기를 들은 적이 있어 즉시 스마트폰을 뒤져 찾아보았다.

나이팅게일 선서(Nightingale Pledge)는 간호사로서 헌신해야 할 윤리 및 간호원칙을 담은 선서문으로, 희생·봉사·장인 정신이 담겨 있다. 초창기 간호 윤리강령이 형성되는 데에 큰 영향을 미쳤다. 도대체 희생·봉사·장인 정신은 어디로 갔단 말인가?

그렇게 그날이 흘러갔다. 잠시 심리적으로 갈등이 생겼지만 뭔가 좋은 일을 해보겠다는 초심을 되새기며 좀 더 마음가짐을 추스르고 따뜻한 심성이 드러날 수 있는 나를 생각해 본다.

사람은 누구나 결정적 순간에는 자기 관점에서 본능적으로 방어를 하게 되어있다. 그 간호사의 행위, 특히 투박하고 감정적인 말투가 거슬렸다. 오죽하면 화가 난 내가 병원장님 만나 그날의 상황을 말씀드릴 수도 있다는 말까지 했다. 하지만 화가 나서 한 소리이지 진짜로 그럴 생각은 없었다. 왜냐하면, 그도 누군가의 소중한 존재이니까?

그리고 나에게도 잘못은 없는지 돌아봤지만, 그 일만 생각하면 속이 상한다.

"간호사가 도대체 환자에게 갑질을 하는 거야 뭐야."

그렇게 이틀이 지나고 다시 할머니를 모시고 병원을 찾은 날 수간호사라는 분이 나에게 면담을 요청했다. 그날의 일이 다시 거론됐다.

난 충분히 그날의 상황을 설명했는데, 그 문제의 간호사는 자신의 견해에 이러저러한 이야기를 얹어 주위 동료 간호사들에게 자신이 억울하다는 이야기를 흘렸나 보다.

수간호사는 나의 이야기를 끝까지 듣고는 알았다는 듯이 고개를 끄덕이더니 아무튼 서로가 존중하는 분위기였으면 좋겠다는 말을 남기고 나갔다.

누구에게나 일상의 크고 작은 사건은 있을 수 있다. 나이 먹은 내가 좀 더 참을 걸 하는 생각도 들지만, 그 간호사도 자신이 하는 행동과 말이 누군가에게 상처를 줄 수 있다는 사실을 알아야 할 듯하다.

그래야 더 성숙하고 멋진 나이팅게일로 거듭나지 않을까? 아무튼, 사랑이 가득 넘치는 세상이 되었으면 좋겠다.

2023 . 3 . 18

▣ 삶은 목마른 여정

두 손이 묶인 채로 단 한 평도 안 되는 침대에 누워 "아이고, 죽겠다."를 입에 달고 사는 자매님, 갈수록 버텨내느라 진을 빼다가 이제는 발악만 남았나 보다.

집에서 나올 때 "소리 지르면 안 된다." 라는 배우자의 당부도 잊은 채 주기적으로 단말마적斷末魔的 소리를 질러댄다.

피를 순환시키는 기계음만 병실을 가득 채우고 간헐적으로 간호사들의 발걸음 소리와 환자와 나누는 대화 소리만 가득한 병실, 고독이 병실 전체를 맴돌아 어디론가 방출되지 못한 채 침대 위를 배회한다.

잠시 머물다 가는 이승에서 견디어 내야 할 무거운 짐을 어찌할까? 생각해 보면 결코 길지 않은 여정. 생로병사 중에 푸른 시절 눈 깜짝할 새 흘려보내고 이제는 병마와 싸우는 지루하고 긴 시간만이 도래하였다.

고통이 심연을 파고들어 견딜 수 없는 파고로 덮쳐올 때는 "차라리 죽고 싶다." 라는 생각을 하루에도 수없이 되뇌인다. 그러나 죽고 싶다고 마음대로 죽는 것도 아니지 않던가? 개똥밭에 굴러도 이승이 좋다고 하는데, 몸과 마음이 지칠 대로 지친 순간은 그냥 아무 고통도 없는 피안의 세계가 그리워지는 것조차 욕심일까?

오늘따라 인공투석 하는 긴 시간 쉽사리 잠도 못 이루시고 가렵다, 힘들다를 반복해서 주문처럼 외쳐대는 자매님을 보면서 내 마음조차 심란하기 그지없다.

자매님은 인생의 여정에서 어디쯤 건너가고 계실까?

하도 가렵다고 아우성치는 바람에 아예 침대 머리맡에 지켜 앉아 살피고 있는데, 가려우니 묶인 손을 잠시 풀어달라고 애원하신다. 처음에는 마스크를 내리고 콧잔등과 입 주변을 긁다가 이번에는 왼쪽 팔뚝 상단부를 심하게 긁어댔다.

심하게 긁으면 상처가 나서 안 좋다고 몇 번이나 얘기하면서도 이불속 사정을 살펴보지는 못했다.

이불속에서 심하게 긁어대던 그곳이 바로 투석 바늘이 꽂혀있는 그곳인 것을 나중에야 알고 소스라치게 놀라는 간호사의 얼굴을 보면서 아차 하는 생각이 스쳐 갔다.

만약에 조금 늦게 발견했으면 빠진 주삿바늘을 통해 피가 분수처럼 쏟아질 뻔했다.

이제는 아예 자매님의 머리맡에 앉아 일거수일투족을 계속 주시하고 있다.

진심으로 자매님을 케어해 드린다는 초심이 요즘 자꾸만 상처받고 있다. 왜냐하면, 힘들어하면서 시도 때도 없이 소리 질러대는 자매님을 감당할 일이 아득하기 때문이었다. 얼마나 힘드시면 그럴까, 하는 연민의 마음이 들다가도 너무 자주 그러시다 보니 안타까움으로 변해가는 순간이다. 참으시라는 말 외에 내가 해드릴 수 있는 게 별로 없다.

언제까지 내가 이 상황을 견디어 낼 수 있을까?

3시간 30분의 혈액투석 시간. 참으로 지루하고 긴 시간이다. 세월이 빠르다느니 눈 깜짝할 새에 가버린다느니 하는 말은 결코 이 상황에서는 가당치도 않은 말이다.

일각이 여삼추니 말이다.

나는 지금 어디에 서 있는가!

나에게도 머지않아 닥쳐올 노을빛 시간. 누구도 피해 갈 수 없는 세월의 그림자. 이 시간을 통해 정말 잘 살아내야겠다는 생각에 생각을 거듭

하곤 한다.

건강은 건강할 때 지켜야 한다는 말이 금과옥조金科玉條처럼 다가온다. 한번 잃은 건강은 회복이 잘 되지도 않을뿐더러 고통의 수렁으로 빠져 허우적대기 일쑤다. 주위 사람들, 가족들에게도 고통은 도미노 현상처럼 퍼져나가 본인으로 하여금 일찍이 지옥을 맛보게 할 수도 있다.

아직도 시간은 멀리 떨어져 있다. 자매님이 마음의 평화를 찾아 끝까지 잘 참아냈으면 좋겠다. 오늘은 한 번도 단꿈에 들지 못하고 눈동자는 허망하게 천장에 매달렸다.

왜 이리도 시간이 걸쭉한 걸까?

지루하고 지긋지긋해하는 시간도 어김없이 흘러 주삿바늘을 빼고 지혈하는 동안 자매님은 잠시 정신이 온전히 돌아왔다.

"오늘 많이 힘드셨어요?" 간호사가 분주히 처치하면서 물으니 언제 그랬냐는 듯이 "아니요." 라고 태연스럽게 대답하신다.
"잘 참아내셨어요. 지금은 누가 제일 보고 싶으세요?" 내가 물었다. 나는 당연히 배우자나 자녀들(2남 1녀) 이 보고 싶다고 할 줄 알았다. 그런데, 자매님의 대답은 단호하게 "우리 엄마."라고 말씀하셨다.

그 힘들고 어려운 순간에도 내면의 깊숙한 곳에는 '엄마'라는 단어가 각인되어 있나 보다. 84세의 연세에도 어머니가 제일 보고 싶다는 자매님을 물끄러미 바라보면서 왠지 나도 모르게 콧등이 시큰해졌다.

인공신장 투석을 케어한지 꽤 긴 시간이 지났다. 땀으로 흠뻑 젖은 채로 투석이 끝나고 휠체어에 옮기려고 자매님을 안아 일으키다 보면 땀으로 곤죽이 된 블라우스에서 쉰내가 풀풀 난다.

그래도 변함없이 자매님에게 "오늘 수고 많으셨어요?" 하고 인사를 건네면 "이제 어디로 가야 하지요?" 하고 되묻는다.

"어디로 가긴요, 집으로 가셔야지요. 집에서 바깥 어르신이 맛있는 밥해놓고 기다리고 계실걸요."

자꾸만 기억이 희미해져 가는 자매님에게 일부러 이러저러한 이야기를 시킨다. "큰아들 이름이 뭐예요? 아들이 보고 싶지 않으세요? 딸 이름은요?"

그러나 자매님은 한사코 자녀들은 보고 싶지 않다고 하시면서 엄마가 보고 싶으시다고 한다. 자녀들이 보고 싶지 않다는 그 속마음이 궁금했다.

그런데, 어느 날 정신이 반짝 돌아오셨을 때, 자매님이 귓속말로 속삭였다. 내가 아파서 아이들에게 짐이 돼서 미안해서요. 아이들에게 더 이상 짐이 되는 것에 대한 속마음을 털어놓았다.

자매님의 속마음을 듣고 보니 자녀들에 대한 사랑이 깊어 의식적으로 '

그들에게서 멀어지려고 하구나!' 하는 생각을 하게 되었다. 어머니의 깊은 사랑을 그 어떤 척도로 잴 수 있을까?

세상의 모든 어머니는 그렇게 자신의 분신에 대한 사랑을 표현한다고 생각하니 왠지 모르게 103세의 일기로 얼마 전에 돌아가신 어머니가 생각난다.

■ 숲의 소리

이곳은 위례신도시에 있는 '위례 호수공원'이다. 호수가 어디 있는지, 왜 호수공원이라는 이름이 붙여졌는지는 잘 모르겠으나 내가 이틀에 한 번씩 들르는 'S병원' 뒷산 쪽에 붙어 있는 공원의 이름이 바로 '위례 호수공원'이다.

오늘도 어김없이 도로리나 자매님을 모시고 신장 혈액 투석병원인 'S병원'으로 왔다. 집에서 잘 계시던 자매님이 병원을 가기 위해 휠체어를 밀고 방으로 들어가면 소스라치듯이 쳐다보신다. 이어서 하는 말은 "아이고 어떡해, 아이고 어떡해~" 연거푸 싫은 표정을 짓는다.

"오늘이 투석하시는 날이에요, 병원 가셔야지요."

"난 못 가!"

"나 괜찮아."

결국은 축 늘어진 몸을 휠체어에 의지한 채 장애인 콜택시를 타고 집에서 불과 10여 분 거리에 있는 병원으로 향한다. 병원에 들어서자, 간호사들이 반갑게 인사를 하지만 할머니는 시큰둥 말이 없다. 기분이 안 좋다는 표시이다.

왜 안 그럴까? 병원 좋아하는 사람은 아마도 이 세상에 없을 것이다. 4시간이라는 긴 시간을 침대에 두 손이 묶인 채로 투석해야 하는 고통을 충분히 이해하기 때문에 몹시 안타까운 생각이 든다.

그렇게 오늘 일과도 시작이 됐다. 깡마른 팔뚝에 굵은 바늘이 꽂히고 피가 돌기 시작하자 자매님은 잠시 지친 듯 잠으로 여행을 시작했다. 이때가 그나마 내가 자유로운 시간이다. 간호사에게 양해를 구하고 병원 뒤 숲으로 향했다.

긴 장마에서 벗어난 숲에는 아직도 습한 기운이 남아있다. 물먹은 풀잎이 아직도 잎사귀에 물방울을 업고 함초롬히 바람에 나부낀다. 바람이 불면 금세라도 또르르 구를 것 같은 수정체가 잎사귀에 조롱조롱 매달려 있다. 반짝이는 햇살이 숲을 덮자, 모든 초목이 경쟁이라도 하듯 우쭐거린다. 숲에는 생동감이 넘친다.

숲으로 들어서니 제 세상 만난 매미의 떼창이 고막을 날릴 듯한데, 여름의 끝자락을 알리는 찌르레기 소리도 하늘로 치솟는다. 성충이 되기까지 오랜 시간 땅속에 있다가 세상에 나오면 겨우 7~20일 사는 매미. 긴 장마로 인해 제대로 울지도 못한 매미들이 반짝 개인 숲속에서 악다구니로 울어댄다. 그런데 찌르레기까지 덩달아 울어대니 숲속은 온통 매미들의 떼창으로 요란하기 그지없다. 아! 계절의 수레바퀴가 또 한 번 요동을 치는구나.

어느새 습했던 바람 속에 서늘함이 약간 배어 있다. 한여름의 찌는듯한 습한 공기가 아닌 시원함이 섞여 있어 마음은 한없이 상쾌하다. 하지만 이조차도 정오가 넘어가면 다시 무더위가 기승을 부릴 것이다.

긴 장마로 인해 숲속 등산로 한 곳이 배수되지 못한 채 진흙뻘이 되어있었다. 웃기는 것은 그 좁은 공간에 노인들 20여 명이 맨발로 진흙을 밟으며 족욕을 하고 있는데, 그 표정이 사뭇 우습기도 하고 행복해 보이기도 한다.

지나던 길에 잠시 멈춰 구경하다가 불쑥 "무슨 효과가 있나요?" 하고 질문을 던지니 기다렸다는 듯이 유쾌한 웃음을 터뜨리며 이구동성으로 "일단 한번 해보세요. 시원합니다." 라고 하는 것이다. 나란히 서서 질척질척 밟아대는 진흙은 이미 곤죽이 되어있었다. 진흙 밟는 소리가 묘하게 질척거린다.

밝은 햇살이 눈부시게 빛나는 창공으로 고추잠자리가 높이 날고 있다. 꼬리에 꼬리를 문 고추잠자리는 쌍으로 유유히 푸른 바다를 헤엄친다. 점점 하늘이 높아지고 고추잠자리가 하늘을 빙빙 도니 가을이 오려나? 고추

잠자리 뒤에 따라붙은 내 마음도 푸른 하늘로 둥실 떠간다.

하얀 나비가 이곳저곳을 기웃거리며 나풀거린다. 아빠 따라 공원 산책 나온 쌍둥이 자매가 나비를 따라가면서 연신 고운 손짓을 한다. 여름이 무르익어 가고 있다.

숲을 나오니 길가에 하얀색, 분홍색 코스모스가 삐죽이 올라와 고추잠자리를 유혹한다. 이곳이 서울 한복판의 도시이긴 하지만 이토록 흐드러진 숲이 있고 숲에서 들려오는 아름다운 소리가 시각적으로나 청각적으로 마음의 안정을 가져온다.

본래 이곳은 특전사 제3공수여단이 있던 자리였다. 숲과 붙어 있는 공원 개활지에, 예전에 이곳이 부대가 있던 자리라는 검은색 표지석이 보인다.

표지석에는 다음과 같은 글귀가 쓰여 있었다.

「이곳은 1972년부터 2016년까지 대한민국 특수전사령부와 제3공수특전여단이 주둔했던 곳이다. 특수전사령부 '검은 베레' 특전 용사들은 이곳 송파구 거여동에서 44년간, '안 되면 되게 하라' 는 특전 부대 신조와 세계 최강의 특수부대라는 자부심으로 '절대 충성, 절대복종' 의 군센 기상을 행동으로 실천하면서, 국가와 국민이 부여한 숭고한 임무를 성공적으로 완수했다.

2016년 특수전사령부는 경기도 이천시로 이전함에 따라, 검은 베레 특전 용사들의 피와 땀이 서려 있는 이곳에 표지석을 세운다.」 표지석에 쓰인 문구 인용.

제3공수특전여단은 송파구 거여동, 마천동 일대인 남한산성 입구 쪽에 자리 잡고 있었으나 위례신도시 개발에 따라 2016년에 경기도 이천시로 이전했다. 지금은 위례신도시 조성으로 이곳저곳에 고층 아파트들이 즐비하게 들어섰고 아직도 공사가 진행 중인 곳이 여러 곳 눈에 띈다.

위례는 역사적으로 아주 중요한 곳이다. 백제 700년 역사에서 한성백제의 도읍지로 500년 동안 긴 시간을 지나왔다. 또 위례는 경계를 나타내며 '우리'(울타리)로 크고大, 많다多는 뜻으로 옛날, 백제의 왕성王城이자 성곽을 의미한다.

그리 멀지 않은 곳에 남한산성 자락이 한눈에 들어온다. 아주 먼 옛날 고구려 백제 신라로 삼국이 공존하던 시절, 고구려의 시조 고주몽의 아들 온조가 백제를 건국했던 곳, 바로 이곳 위례이다.

숲을 벗어나니 다시 도시의 소음과 습한 공기가 밀려오지만, 숲으로 들어서는 순간 싱그러운 바람이 옷깃을 스친다. 도시의 소음 대신 매미 소리와 바람 소리, 새소리가 어우러진 천상의 하모니가 마음을 편안하게 만든다. 숲에는 역시 생명의 소리가 존재하나 보다.

2023 . 7 . 27 . 오전에

▦ 장맛비 내리는 하루를 열며

억수같이 비가 쏟아진다. 밤새도록 창문을 두드리던 장맛비. 이 정도 했으면 이제 그만둘 만도 한데, 습한 공기가 이리저리 밀려다니는 것을 보니 쉽사리 그만둘 생각이 없나 보다. 하늘은 온통 잿빛으로 물들어 있고 속절없는 장맛비는 구성지게 리듬을 탄다.

오늘도 난 인공신장 투석을 받는 자매님을 보살피러 가야 한다. 06 : 00에 알람을 맞추어 놓고 잠자리에 들었지만, 일찍 일어나야 한다는 강박증이 발동했는지 05 : 10에 깨어 화장실을 다녀오니 다시 잠이 오지 않는다. 그렇게 엎치락뒤치락하다 보니 알람이 울렸다. 거실 부엌에서는 아내가 이른 아침 준비를 위해 칼도마 재는 소리가 은은하게 들려온다.

출근 시간에는 조금만 늑장을 부려도 제시간을 못 맞추고 헐레벌떡 부산을 떨어야 하니 서둘러 아침을 먹고 집을 나선다. 밤새도록 내리던 비가 아침에는 더욱 기승을 부리며 쏟아졌다. 우산을 받쳤지만, 바짓가랑이와 신발이 젖어온다.

이르게 찾아온 올해 장맛비로 전국이 물난리에 가슴을 쓸어내리더니 급기야 오송 지하차도 침수 사고로 지하차도에 갇혀 빠져나오지 못한 채 열세 명이 참사를 당하는 사건이 발생하고 매스컴을 도배하다시피 했다. 초유의 장마로 인해 전국은 몸살을 앓고 있다.

늘 여름이면 겪어야 하는 장마기에 미리 대비하지 못한 채, 인명피해와 재산 피해를 낸 다음에야 네 탓이니 내 탓이니 남의 탓 공방을 벌이는 행태가 참으로 한심스럽기 그지없다.

오늘 같은 날은 그냥 집에서 쉬고 싶다. 궂은 날씨에 마음마저 한없이 가라앉는다. 그러나 나에게 주어진 책임, 물론 내가 원해서 하는 일이기에 매 순간 최선을 다하고자 하는 마음으로 세찬 비속으로 씩씩하게 발걸음을 옮긴다.

오늘따라 장콜(장애인 콜택시)이 늑장을 부리는지 평소보다 1시간이나 늦게 도착했다. 1시간이 늦으면 퇴근 시간도 그만큼 늦어지는 것이니 좋을 리 없겠으나 그들도 나름대로 사정이 있다는 것을 알기에 말없이 병원으로 향했다.

많이 늦은 시간이지만 인공신장 투석을 위해 자매님을 침대에 옮겨드리고 대기실로 왔다.

지금부터 내 시간이다. 대기실은 대략 5~6평 규모의 방에 아늑한 소파와 TV, 그리고 커피머신과 정수기가 갖추어져 있어 내가 주로 책을 보거나 글을 쓰면서 시간을 보낸다. 쉼이 필요할 땐 조용히 눈감고 명상에 잠길 수도 있고 토끼잠을 청할 수도 있다.

책을 보다 지루하면 TV를 켜고 세상 돌아가는 뉴스도 볼 수 있으니, 나로서는 참 좋다. 하지만 투석을 매우 꺼리시는 자매님의 투정이 시작되면 내 시간도 동시에 깨져버린다. 치매 초기 단계의 그분은 투석 중에는 특히 더 보채신다. 누군들 병원 오는 일이 즐겁겠는가?

초기 인지 저하증으로 투석할 때는 양 손목을 침대에 묶어둔다. 왜냐하면, 부지불식간에 투석 중인 바늘을 뺄 수도 있기 때문이다.

한번은 나를 찾더니 "내가 무슨 죄를 지었나요?" 하고 묻는 것이었다. "죄는 무슨 죄를 지으셨겠어요." 하니 "그러면, 왜 내 두 팔을 이렇게 묶어 놓았나요?" 하고 묻는 것이었다. "죄를 지어서 그런 게 아니라 투석을 잘하기 위해서 그런 거예요." 하고 자상하게 설명해 드렸지만, 이해가 안 간다는 표정으로 빤히 쳐다보신다.

그분의 의미 없는 하소연을 들어드리며 달래야 하는데, 이 또한 극강의 인내가 필요하다. 때론 가끔 회의감마저 든다. 꼭두새벽부터 나와 내가 왜 이러고 있을까? 목구멍까지 차오른 불만을 꾹꾹 누르다 보면 그분은 언제 그랬냐는 듯 잠 속으로 빠져들어 가고 나는 다시 평화를 찾는다.

그분의 얼굴에는 천사처럼 고운 무지개가 피어오른다. 불과 얼마 후면 나에게도 닥쳐올 노년의 어두운 그림자. 그러기에 타산지석으로 삼아 더욱 건강관리에 힘써야겠다는 생각을 하루에도 수없이 해본다.

아메리카노의 짙은 향을 맡으며 한 모금씩 혀로 굴려 목 넘김을 하면서 흥미진진한 '조수웅 이야기 문학'에 빠져 있다.

문학평론 공부를 하는 나로서는 비평의 어려움에 가끔 회의감이 들 때도 있지만 한번 시작한 공부를 쉽게 포기하고 싶지는 않았다.

같이 공부하는 지인의 권고로 이 책을 읽기 시작했는데, 이해하기 쉽고 재미있게 구성이 되어있어 어느 때부터 정독하기 시작했다.

시간이 또 흐르고 나면 머지않은 날에 평론가로서 일을 시작할 날을 상상해 보면서 침침하고 뻑뻑한 머리를 돌리느라고 진땀을 흘리고 있다.

아차! 자매님이 또 나를 찾는 소리. 책장을 덮고 황급히 병실로 향한다.

2023 . 7 . 17

■ 황혼의 소풍 길에서
(S 병원 인공신장투석실 A 구역 3번 침대 정갑순)

고독이 실타래처럼 서려 있는 병상. 고독한 섬에서 생의 마지막을 불태우고 있는 사람들. 그곳에는 사랑하는 가족도 없고 친구도 없고 오로지 혼자만이 견디어 내야 하는 혹독한 시간이 기다리고 있다. 허공에 매달린 눈동자, 희미한 눈동자 속 호수에는 삶의 회한도 보이지 않고 오로지 허망함만이 안개처럼 밀려들었다.

'똥 마렵다'를 줄곧 외쳐대는 자매님이 야속하다. 궁여지책, 어쩔 수 없이 배우자분을 전화로 연결해 스피커폰으로 통화를 시켜드렸다. 배우자도 '참으라.'라는 말밖에 해줄 수 있는 말이 없었다.

"여보 똥 마려우면 기저귀에 그냥 누면 돼, 그리고 병실에 여러 사람 있는데, 그렇게 큰소리 지르면 쫓겨나. 조금만 참아봐!" 공허한 메아리만 병실 안 가득히 울려 퍼진다.

어딘지 모르지만, 끝을 향해 빠르게 달려가는 삶의 모습은 망망대해에 홀로 떠 있는 고독한 섬처럼 쓸쓸하기만 하다. 왜 이렇게 시간이 걸쭉한 걸까?

변비로 고생하는 자매님이 양손을 침대에 묶인 채 또다시 똥 마렵다고 아우성친다. 똥이 마려운 듯하긴 한데, 막상 변을 볼 수가 없다. 변비 때문이다. 기어코 하소연 조로 아무나 보이는 대로 '똥 좀 빼달라.'고 호소한다.

이 상황을 어찌할까? 담당 의사가 회진을 돌면서도 별다른 조치를 할 수는 없는지 그냥 외면하고 돌아선다. 끙끙 앓는 소리를 내더니 결국 "엄마, 아버지, 저 좀 도와주세요."라는 소리를 레코드판처럼 반복해서 되뇐다. 이제는 아예 신음 끝에 "아이고, 나 좀 살려주세요."를 반복하면서 침대에 묶인 손을 풀어달라며 아우성이다. 인지장애(치매) 증상이 있는 자매님은 꼬박 3시간 30분을 침대에 팔이 묶인 채 투석을 받아야 했다.

참으로 안타까운 현실이다. 나 자신을 돌아봐도 밤에 잠을 자거나 누워 있을 때 수시로 자세를 변동해야 편하다는 것은 상식이며 경험으로 알 수 있다. 양팔을 묶인 채, 4시간 동안 꼼짝없이 정면으로 누워 있어야 하는 고통을 감히 짐작해 보아도 그 불편함을 무어라 표현할까? 투석 시간 동안 마스크를 쓰고 있어야 하니 입과 코 주위가 근질근질하여도 마음대로 긁을 수도 없으니, 이보다 더 답답할 수는 없을 것이다.

아름답다고는 할 수 없어도 평범한 삶을 살아온 죄밖에 없다. 옆 마을 청년과 사랑에 빠져 홀린 듯 혼인하여 아들 둘에 딸 하나 낳고 오순도순 살았다. 넉넉한 살림은 아니지만, 하루하루 열심히 살았다. 죄라면 그저 열심히 산 죄밖에는 없다.

그런데, 어느 날 당뇨합병증으로 신장 투석을 해야 한다는 선고를 받았다. 사는 게 죽는 이만 못하다는 말을 들어보긴 했지만, 본인에게 그 상황이 닥칠 줄은 꿈에도 몰랐다. 자신 때문에 배우자의 삶도 함께 침몰해 갔다. 자녀들에게도 점점 짐으로 남았고 그 미안함에 보고 싶어도 보고 싶은 마음을 마음속 깊은 곳에 꼭꼭 눌러 감추었다.

그렇다고 산목숨 생으로 끊을 수는 없지 않은가? 이래저래 실타래처럼 얽힌 매듭은 점점 더 꼬여만 갔다. 한번 고장 난 신체는 여기저기 병마가 잠식하기 시작하니 걷잡을 수 없는 수렁으로 빠져들어 가기만 했다. 얼마 전에는 심한 기침을 하는 바람에 폐렴인 줄 알고 큰 병원에 입원했다. 다행히 폐렴은 아니라고 해서 근 보름 만에 퇴원했다.

잠시 칭얼거림도 잦아드는 듯하여 병실 옆에 딸린 휴게실로 왔다. 쓰디쓴 커피 한잔을 목 넘김하고 있을 때, 다른 환자를 모시고 온 남성 보호자가 불쑥 들어왔다. 초면이었지만 이런 곳에서는 눈 마주치면 서로 인사하고 지내는 것이 관례이다.

올해 나이 75세라고 밝히신 그분은 붙임성 좋게 말을 걸어온다. 두 달 전에 우연히 쓰러진 아내가 신장 혈액투석을 받게 되어 요즘 자신의 시간이 전혀 없이 허둥대는 삶을 살고 있다고 투덜거렸다.

다소 유머러스한 그분은 배우자가 쓰러져 병시중 드는 것이 불편하긴 하지만 한편으로는 자기 삶도 자유로워져서 좋다는 말도 서슴없이 내뱉었다.

이제, 연애도 좀 하고 살아야겠다는 그 말이 빈말인 줄 알면서도 무슨 의미일까, 하고 귀를 기울이게 했다. 같은 또래의 옆에 앉았던 여성 보호자가 "그 말 같잖은 소리." 라고 타박하자, "그러면 마누라 아프다고 나까지 환자처럼 징징거리면서 살까? 나머지 한 사람이라도 건강하고 활기차게 살아야지." 라고 되받아쳐 모두가 웃었다.

어처구니없는 소리이기도 하지만 일견 의미가 아예 없는 소리도 아닌 듯하다. 나머지 반쪽이라도 건강해야 배우자를 잘 돌볼 수 있지 않은가?

시간은 느릿느릿 흘러가고 있다.

자매님도 칭얼대다 지쳤는지 잠시 조용해졌다.

삶이란 무엇인가 깊은 사색의 시간으로 들어서는 정오의 시간이다.

고요와 평화는 잠시, 또다시 울부짖듯이 '엄마'를 부르는 소리로 깨졌다. 얼마나 고통스러울까? 그러나 부르는 엄마가 오거나 침대에 묶인 손목을 풀어줄 수 없으니 정해진 시간까지 참아야 하는 게 현실이다.

이제 투석 완료 시간이 10분 안으로 들어왔다. 길고 지루한 시간이 걸쭉하게 흘러갔다. 투석 시간이 끝날 때쯤에는 자매님이 지쳐서 그런 것인지 아니면 끝날 때를 용케 알고 그러는지 습관처럼 내뱉던 단어들, 힘들다, 손 풀어줘, 똥 마렵다. 등등 그 어떤 소리도 없이 조용하다. 미루어 짐작해 보건대, 심리적 압박감에서 벗어날 수 있다는 생각에 마음에 평온이 찾아온 듯하다.

오늘도 무사히 마치고 병원문 나서는 자매님의 표정이 한결 밝아졌다. 집으로 간다는 그 마음의 안정감에 모든 상황이 평화로 물들었다.

"오늘 정말 수고 많으셨어요, 그리고 잘 참으셨고요." 쌍 엄지척을 해드리니 "네." 하면서 빙그레 웃는다. 별 탈 없이 힘든 시간을 마친 자매님이 고맙다.

제5장 현민영 어르신

잃어버린 30년 세월

■ 어르신과의 첫 만남

구순九旬을 지나 망백望百을 살아가는 어르신과의 만남은 미처 봄의 문턱인 2024년 3월 중순이었다. 망백이란 아흔 살 지나 백을 바라본다는 뜻으로, 아흔한 살을 이르는 말이다. 어르신을 돌봐드리던 요양보호사가 개인 사정으로 그만둔다는 얘기를 들었다. 어르신과 불과 5분 거리에 살고 있는 나는 칠순 잔치를 한 지 2년이나 지나 이제는 좀 편안하게 살아야겠다고 작년 연말에 모든 일에서 손을 놓고 있었다. 가톨릭 신앙을 가지고 계신 어르신 배우자분께서 종교가 같은 아내에게 부탁했고 아내의 부탁을 거절하지 못한 나는 다시 일을 시작하게 되었다. 물론 예전에는 출, 퇴근 시간이 각각 1시간씩으로 2시간을 길에서 허비했는데, 어르신을 케어하게 되면 그런 시간을 절약할 수 있어 약간의 망설임 끝에 허락하고 말았다.

전임 요양보호사인 박 선생을 사전에 만나 그간의 사정과 케어 방식에 대해서 대략 들어보았다.

그리고 어르신을 처음 대면해 보니 망백이라기에는 건장한 체구에 서글

서글한 모습이 왠지 모를 정감이 가는 인상이었다.

바둑 두기를 좋아한다는 말을 들었는데, 나의 바둑 실력으로 과연 맞추어 드릴 수 있을지 다소 염려되는 바가 없지 않았다.

그러나 6년이라는 요양보호 경력을 가진 나는 이번이 마지막 봉사라는 생각으로 굳은 결심을 하고 그간의 경험을 바탕으로 최대한 잘 보살펴 드리겠다는 생각을 갖게 되었다.

▥ 30년 세월은 쏜살같이 지나가고 남은 건 껍데기뿐인 육신

배우자분께서 어르신의 지난 얘기를 조금씩 들려주기 시작했다. 어르신은 엔지니어 출신으로, 대학에서 강의하시던 교수님이셨다. 타고난 건강 체질로 그렇게 병마가 찾아올 줄은 꿈에도 몰랐다고 한다. 그 대학 교수님들이 포천 쪽으로 연수를 떠났고 저녁에 어울려 포천 이동막걸리를 드시고 잠자리에 들었는데, 아침에 일어나지를 못해 확인차 침실로 갔을 때는 뇌졸중이 발생한 후였다고 한다. 뇌혈관 계통의 질병은 시간이 생명이다. 얼마나 빨리 발견하고 병원으로 가느냐에 따라 그 후유증의 정도가 결정되기 때문이다.

육십 대 초반에 발생한 뇌졸중 후유증으로 30년 동안 말을 잃고 환자로 사는 삶을 살아야 했다. 30년 세월은 쏜살같이 지나가고 남은 건 병들고 껍데기뿐인 육신이다.

최근에는 심근 판막에 이상이 생겨 서울중앙병원에서 검진받으셨다. 물론 콩팥기능도 떨어져 각별히 조심해야 하는 상황이 발생한 것이다.

너그럽고 마음씨 좋은 어르신은 친지 간, 특별히 형제간에도 늘 우호적 관계를 유지하다 보니 본의 아니게 손해와 상처를 입어 배우자이신 자매님을 힘들게 했다는 얘기도 곁들였다.

■ 공원 산책 중에 만난 봄
(꽃향기 가득한 봄볕에 앉아 화사한 꽃을 만져보고 냄새도 맡아보고)

봄이다. 이곳저곳에서 봄은 불쑥불쑥 올라오고 온갖 식물들이 기지개를 활짝 켜며 봄을 맞이한다. 어르신을 모시고 봄볕으로 나왔다. 눈부신 봄 햇살이 구부정한 어르신의 어깨 위에 내려앉았다. 요즘 들어 심장판막에 문제가 생겨 가끔 목에서 쌕쌕 소리가 난다. 그날 컨디션에 따라 다르지만 대략 100m~200m를 이동하면 한 번씩 쉬어야 한다. 경사도가 좀 있는 길에서는 쉬어가는 거리를 줄여 무리하지 않도록 세심한 배려를 한다.

오늘도 어르신을 모시고 봄의 한가운데로 나왔다. 진달래, 개나리 진 자리에 철쭉꽃이 흐드러지게 피었다. 흐드러지게 핀 철쭉꽃 옆 평평한 바위에 들고 다니는 깔개를 얹어놓으면 어르신은 자동으로 그곳에 앉으신다. 잠시 숨 고르기를 마친 어르신이 활짝 핀 철쭉꽃을 보면서 손으로 어루만져보고 쓰다듬다가 코를 대고 향기를 맡으신다. 진지한 표정에서 어르신 마음속에 있는 봄을 읽을 수가 있었다.

■ 어린아이 같은 심성으로 돌아간 아흔한 살

세 살 어린아이가 이렇게 말을 잘 들을까?

"어르신, 이쪽으로 가셔야지요?"
"음~"
"어르신, 잠시 쉬었다 갈까요?"
"응~"

갈림길에 도착하면 잠시 생각하다가 나를 쳐다본다. "이쪽으로 가셔야지요." 잠시 고개를 끄덕이고는 두말없이 발걸음을 옮기시는 아흔한 살의 어르신, 천사가 따로 없다. 그러나 가급적 어르신이 판단할 수 있도록 유도한다. 판단이 안 설 때만 방향을 제시한다. 어르신은 말썽 안 부리는 여섯 살 순수한 어린아이의 심성을 가지고 계신다. 옛말에 '미운 일곱 살'이라는 말이 있는데, 이는 말을 잘 듣지 않는 아이를 빗대서 한 말이다. 어르신은 말썽 안 부리고 말 잘 듣는 여섯 살 아이의 심성을 가졌다고 하면 어떨까?

■ 바둑돌 놓을 때만큼은 마음을 다해

어르신은 바둑알 놓기를 좋아하신다. 한창 젊을 때는 바둑을 좋아해 그 실력도 상당했다고 하신다. 이제는 기억력도 점차 쇠퇴해져 방향감각 능력

154

이 떨어지니 혼자 외출은 안 되겠다는 생각을 해본다. 그러나 바둑을 두는 것만큼은 적극적으로 좋아하신다. 처음, 어르신 케어를 부탁받았을 때, 바둑 얘기가 나와 잠시 망설였던 적이 있었다. 왜냐하면 그렇게 바둑을 좋아하시니 그 실력도 대단하리라는 생각에 내 바둑 실력으로 과연 맞춰드릴 수 있을까 하는 우려에서이었다. 그러나 우려는 우려일 뿐이었다. 어르신은 바둑 놓는 것을 좋아하는 것이지 승패에 연연해하지는 않으신다. 바둑이 끝나고 나서 집 계산을 따로 하는 게 아니라 정리를 한 다음에 대략 눈대중으로 크고 작음을 판단한 후에 돌을 거둔다. 집 수가 큰 쪽을 가리키며 "커!" 한마디가 다였다. 차이가 크게 날 때는 두말없이 바둑알을 거두지만 약간 비슷할 때는 잠시 생각에 잠긴다. 난 그저 어르신이 판단하는 대로 따라갈 뿐이다.

■ 삶은 누군가를 꽃피우게 해주는 것

지구는 이상기온으로 세상 곳곳에서 신음하며 난리가 났다. 장마철임에도 일기예보는 제대로 맞지 않았다. 오늘도 비가 온다는 예보와는 달리 하늘은 잔뜩 먹장구름이 드리웠고 습하고 무더위가 문득문득 몰려오지만, 간간이 불어오는 바람이 그나마 숨통을 트이게 한다.

어르신을 모시고 공원 산책 겸 운동 삼아 집을 나섰다. 온종일 집안에서 있어야 하는 어르신의 답답함이야 오죽하랴! 그래서 내가 올 때만을 손꼽아 기다리신다는 배우자분의 말씀을 들을 때마다 나는 더욱 잘해드려야 겠다는 생각을 다져 먹곤 한다.

오늘도 어르신 댁에 도착하자마자 어르신은 눈빛으로 바둑판을 가리키며 얼른 들어오라고 반색하신다. 그런데, 하늘이 흐려 약간 햇빛을 가릴 수 있는 지금이 외출하기에 딱 맞는 시간이라 서둘러 운동을 하러 가자고 하니 어르신은 잠시 미간을 찌푸리시다가 "그래?" 하시면서 주섬주섬 옷을 챙겨 입는다. 물론 외출할 때, 옷을 챙겨 입혀드리는 것은 배우자분의 몫이다. 옷을 입기 전에 반드시 화장실 먼저 다녀온 후에 옷을 입는다.

오락가락하는 칠월 장마, 미루나무 가지 끝에 매미가 지천으로 울어댄다. 매미울음 끝자락에 다시 후두둑 빗방울이 춤을 춘다. 길고 긴 여름의 한가운데로 달린다. 세월이….

버스정류장에 앉아 잠시 쉰다.
쉴 새 없이 지나다니는 차량, 정류장에 앉아 쉬다 보면 쉴 새 없이 오가는 버스를 보면서 어르신은 자신도 모르게 움찔움찔 몸이 반응한다. 석촌호수 쪽으로 가는 버스중에 301번 버스가 있다. 평일 한가한 오후라 그런지 버스는 텅텅 비었다. 어르신 눈에 익은 301번 버스가 정류장에 도착할 때마다 어르신의 눈빛이 달라진다. 그리고 내 쪽을 바라본다. 그러나 나는 단호하게 고개를 가로젓는다.

"어르신, 다음에 날 잡아 한번 가시지요."

그게 나의 대답이다. 하지만 안타까운 마음이 드는 건 사실이다.

인지 저하증세가 지금보다 나을 때는 혼자 301번 버스를 타고 석촌호수 쉼터에 가서 사람들과 어울리며 대부분 시간을 보냈다. 하루에 그 시간이 가장 즐겁고 소중했다. 심지어 집에서 바둑판을 들고 다녔다고 한다. 바둑 두기를 좋아하던 어르신이 처음에는 낯 모르는 그들과 어울려 바둑을 두면서 안면을 트고 친구로 지냈다. 지금은 인지 저하증의 심화로 집을 나서면 길을 잘 못 찾으니 나가고 싶어도 못 나가는 형편이 되었다.

어르신을 모시고 석촌호수에 다녀온 지 일주 남짓 되었다. 싱그러운 나무 잎사귀가 바람에 흔들리고 그늘에 앉아 호수를 조망하는 어르신의 눈동자는 기쁨이 가득했다.

그곳에 앉아 바둑을 두었다. 석촌호수 서호 쪽 끝부분의 휴식처에는 많은 사람이 앉아 휴식을 취하거나 운동기구를 활용하여 운동하고 있었다. 그곳에는 바둑판과 장기판을 모아두는 창고형 상자 두 개가 있다. 적당한 그늘에 앉아 바둑판을 펼쳤다. 바둑알을 놓다 보니 예전에 자주 함께 어울려 바둑을 두었다는 장년의 남자가 어르신을 알아보고는 한 판 두자고 제안한다. 진지하게 바둑 게임이 이어졌고 결과는 어르신의 패배였다. 그러나 어르신에게는 승패에 관한 집착보다는 바둑을 놓는다는 그 자체가 신나고 재미있으신가 보다.

바둑 삼매경에 빠져 즐기다 보니 어느덧 점심때가 되었다. 호수 옆 본가 설렁탕에 들러 점심 식사를 거하게(?) 먹고 다시 호수로 와서 바둑 서너 판을 두고 서둘러 집으로 향했다.

잠시 상념의 나래를 접고 어르신을 재촉하여 집으로 향한다. 요즘 들어 어르신의 건강이 많이 좋아져 보인다. 예전에는 조금만 걸어도 목에서 쌕쌕 소리가 나고 걸음도 오래 걷지 못했다. 그러니 걷는 구간도 짧아져 100보도 채 못 걷고 걷다 쉬기를 반복했는데, 요즘은 많이 좋아져 보인다. 최소 300보 이상은 거뜬하게 걷는다. "어르신, 힘들면 언제든지 말씀하세요?" 그러면 어르신은 미소를 띤 표정으로 괜찮다고 하신다.

"어르신, 집에 가서 바둑 한판 하셔야지요?"
"그럼, 그래야지."

어르신의 얼굴은 금세 환하게 밝아지며 걸음을 재촉하신다. 바둑을 둘 때야말로 어르신에게는 봄이 모락모락 피어오르는 순간이다. 말수가 별로 없던 어르신이 바둑 둘 때만큼은 신나게 웃는다. 그냥 웃는 게 아니라 박장대소를 하신다. 바둑을 둘 때, 심리적인 안정을 찾아 치매에 대한 염려는 저 멀리 달아나고 있었다.

질주하는 차량, 저마다 사연을 싣고 삶의 바다를 헤엄치는 민초들, 구름 뒤로 숨었던 햇살이 비를 거두고 반짝 얼굴을 드러낸다. 또다시 울려 퍼지는 매미의 합창 소리. 촌각이 아쉬운가 보다. 까치가 구름바다를 헤엄친다. 도시의 까마귀도 짝을 찾아 부지런히 한 쌍이 어울려 이곳저곳 곡예비행을 하며 밀월여행을 즐기나 보다. 세월이 흐른다. 세월이 긴 강을 거슬러 정처 없이 흐른다. 내 마음도 세월 따라 흐른다.

삶은 스스로 꽃피우는 것도 중요하지만, 누군가를 꽃피우게 도와주는 것, 남을 꽃피우게 해주는 것은 더욱 아름다운 휴머니즘이 아닐까?

2024 . 7 . 13

▪ 도시의 여름나기

지루한 장마가 7월 한가운데를 관통하더니 어느새 초복, 중복도 지나고 7월의 마지막 날을 하루 남겨두었다. 세월이 쏜살같이 흘러간다. 장마로 인해 오늘도 잔뜩 흐린 날씨지만 길을 나섰다. 습한 더위가 훅하고 밀려오는 도시. 저마다의 사연을 담고 세상은 개미 쳇바퀴 돌듯이 돌아간다.

녹음綠陰이 무성한 공원의 나무꼭대기에서 매미가 지천으로 울어댄다. 울 날이 얼마 남지 않은 것을 직감했는지 목이 터져라. 악다구니를 한다. 오늘 아침에는 우리 집 아파트 베란다 방충망에 찰싹 달라붙어 아름다운 노래를 불러주는 매미 한 마리가 있었다.

가뜩이나 무더위에 설친 잠으로 느지막이 잠이 들었는데, 이른 아침의 달콤함에 빠져 있는 나에게 방충망에 붙어 울어주는 청량한 매미의 연주곡도 소음일 뿐이었다. 비몽사몽 듣고 있노라니 슬며시 기분이 상쾌한 상태로 눈을 번쩍 떴다. 방충망에 붙어 배를 불룩불룩하며 열심히 노래를 부르는 매미. 도시의 매미는 시도 때도 없이 운다. 전봇대나 아파트 담장에 붙어 슬피 우는 매미도 있다.

그렇게 도시의 하루 일과가 시작되었다. 오늘도 손꼽아(?) 기다리실 어르신 댁으로 부지런히 발걸음을 하였다. 현관을 들어서자, 바둑을 두자고 손짓하는 어르신을 설득해서 오후의 뙤약볕을 피해 "조금이라도 시원한 지금 공원 산책 및 운동하러 나가시자."고 권했다. 어르신은 마지못해 나서는 듯한 표정으로 나를 따라나섰다.

매미의 노랫소리를 들으면서 가다 쉬기를 반복했다. 습한 공기가 문득문득 밀려와 숨이 막힐 듯하지만, 가끔 불어주는 바람이 그나마 숨통을 트게 만든다.

참매미가 구성지게 한 자락 부르면, 이곳저곳 나무에서 떼창으로 울기 시작한다. 그런데, 어느새 가을 매미가 합세하여 세상은 마치 매미의 콘서트장에 온 듯 시끄럽다. 지금이 바로 매미들이 가장 왕성하게 활동하는 시기이기도 하지만, 어느새 중복이 지난 요즘은 쓰르라미까지 동원해서 울어댄다. 매미 울음소리에서 가을이 가까이 오고 있음을 직감적으로 느낄 수 있다.

어르신과 버스정류장 대기 의자에 앉아 쉬면서 하늘에 떠가는 구름과 아파트 골목을 가로질러 불어오는 시원한 바람, 그리고 쉴 새 없이 달리는 자동차 행렬을 물끄러미 바라보고 있다.

이 무더위에 길 건너 개농공원에서는 열심히 운동하는 젊은이들의 역동적인 모습이 보인다. 농구코트에서 농구를 하는지 나뭇가지 사이로 얼핏 보이는 그 모습이 무척이나 발랄하고 즐거워 보인다. "아! 이 무더위에…, 이 열치열以熱治熱이라고나 할까?

구릿빛 피부에 헬멧을 쓴 복장으로 자전거를 타고 느릿느릿 페달을 밟는 성성한 백발의 노인도 보인다. 비록 백발이 바람에 날려 세월의 흐름을 엿볼 수 있지만, 그 연세에 건강해 보여 좋다.

이제는 의욕이 많이 사그라들었지만, 몇 년 전까지만 해도 서울에서 부산 을숙도까지 자전거를 타고 신나게 달리던 날들이 아련한 추억으로 떠오른다. 낙동강 칠백 리 길에서 만난 많은 사람이 눈에 어른거린다.

세월이 사람의 육체와 마음까지도 갉아먹나보다. 이제는 그런 용기는 사위어가는 모닥불처럼 잦아들고 있다. 주인 잃은 애마만 베란다에서 반년을 잠자고 있다. 게으른 주인은 기약 없이 세월만 원망한다. 언젠가 기지개를 활짝 펼 날이 올까?

질주하는 차량, 무엇이 그리 바빠 세월 속으로 급페달을 밟고 가는 것일까? 몇 번의 휴식을 하면서 어르신 옆에 앉아 잠깐잠깐 부지런히 글을 쓰고 있다. 어르신과 함께 산책하면서 삭막한 도시의 여름나기를 오롯이 느껴본다.

잠시 후면 또 춥다고 아우성칠 것이다. 사계절의 수레바퀴가 돌아가는 소리가 들린다.

아흔한 살의 어르신은 비록 지금은 지팡이를 짚고 다니지만, 그 연세에 비교적 건강하신 편이다. 어르신은 우렁찬 매미 소리를 들으면서 무슨 생각을 하실까? 하염없이 바라보는 세상은 덧없고 쓸쓸함마저 배어 있다.

그러나 내가 어르신을 케어한지 어느덧 4개월 남짓 하지만, 처음 뵈었을 때보다 많이 좋아지셨다. 처음에는 걷는 것조차 많이 힘들어하셨다. 특히 걸음을 옮길 때마다 기도에서 쌕쌕 소리가 났다. 그로 인해 서울아산병원에서 두 번의 진료를 받았지만, 뾰족한 대책이 나올 리 없다. 공원 산책길에서도 겨우 200여 보를 걷고 쉬기를 반복해야 했다. 그러나 요즘은 기도에서 나는 소리도 어느 정도 줄어들었고 걷기는 400보 정도를 걸어도 괜찮다고 말씀하신다. 걸음걸이도 많이 좋아지셨다. 바둑을 좋아하시는 어르신이 요즘은 부쩍 바둑에 재미를 붙이셨는지 한번 잡은 바둑알 놓을 생각을 하지 않으신다. 바둑을 둘 때만큼은 마냥 행복해하신다. 어쩌다 나의 실수로 잘 나가던 바둑이 어르신 쪽으로 승세가 기울면 만면에 행복한 웃음을 띠시며 득의양양해하신다. 때로는 나의 바둑돌을 잡아놓고는 박장대소하신다. 바둑 두기가 아마도 어르신 인지 저하 증세를 완화하거나 아니면 최

162

소한으로 늦출 수 있겠다는 생각을 문득문득 한다.

몇 번의 휴식을 마치고 어르신께 부지런히 집으로 가자고 말씀드린다. 아니 "어르신, 집에 가서 바둑 두셔야지요?" 라고 말하면 어르신은 두말없이 일어나 앞장을 선다.

오늘도 어르신과 함께 건강한 여름나기를 하고 있다.

2024 . 7 . 30

▓ 소나기

중복을 지나 내일은 절기상으로 가을의 문턱인 입추이다. 말복을 열흘여 남겨두고 더위는 초절정으로 치달았다. 에어컨은 잠시 잠깐의 더위는 막아줄지언정 창문을 열면 훅하고 들이닥치는 열대야熱帶夜는 못내 잠을 설치게 했다.

그렇게 몇 날 며칠을 보내고 나니 온몸에 알레르기 반응이 나타난다. 피부도 가려워 긁다 보면 스크레치가 나 끈적거리기 일쑤다.

그나마 2024 파리 올림픽에서 전해오는 한국 선수들의 드라마 같은 승전보가 피로한 마음을 위로해 주는 요즘이다.

습하고 무더운 며칠이 계속되더니 어제는 습한 기운이 정점을 이루었다. 먹구름이 흐르고 바람이 심상찮게 불어온다. 분명 비를 잉태한 바람이다. 칠십 평생을 살다 보니 경험으로 비추어 분명 비를 몰고 올 바람이었다.

어제보다는 다소 편안하게 잠자리에 들었는데, 귓전에 아련하게 빗소리가 들린다. 점차 커지는 빗소리. 창문을 통해 훅하고 밀려오는 시원한 바람. 한줄기 긴 소나기가 시원한 바람을 몰고 왔다. 꿈결에 아스라이 소나기의 전설 속으로 들어갔다.

냇가에 희고 고운 여학생이 징검다리 한가운데서 냇물에 손을 담그고 물장난하던 소녀가 윤 초시네 증손녀인 것을 나중에야 알았다. 조약돌을 주워내는 곱고 하얀 손. 징검다리 가운데 있던 소녀에게 쭈뼛쭈뼛 길을 비켜달라는 말도 못 하던 소년은 어느새 그와 친해졌고 함께 산 너머로 놀러 간다. 그리고 소나기를 만나 우여곡절 끝에 불어난 냇물을 소년의 등에 업혀 건너던 징검다리. 소녀에게 씩씩하게 등을 내밀던 소년이 투영된다. 황순원 작가의 '소나기' 라는 작품이 슬쩍 머리를 스친다.

아침까지 이어진 빗소리에 세상은 살만해졌다.

아침까지도 그렁그렁 내리는 비를 맞으며 어르신 댁으로 향했다. 오늘은 어르신을 모시고 공원 산책 및 운동을 시켜드리겠다고 한 날이다. 그런데, 멈추지 않은 비로 잠시 바둑 세 판을 내리 두고 난 다음에 비가 잠시 소강 상태를 보인 후에 어르신을 모시고 나왔다.

변함없이 공원을 돌아 시내버스 정류장에 앉아 잠시 쉬고 있다. 기다렸다는 듯이 매미의 합창으로 한순간에 주위는 시끄러워졌다.

하늘에는 느릿느릿 구름이 흐른다. 구름 사이로 잠깐씩 파란 하늘이 스쳐 지나간다. 세월이 흘러가고 있다.

지난밤 한줄기 긴 소나기가 이토록 고마운 적이 있었을까?

한창 팔팔한 이십 대, 육군소위로 임관해 최전방에 배치되어 처음으로 참가한 연대 기동훈련에 FO(관측장교)로 참석한 적이 있었다.

긴 행군대열에 맞추어 어렴풋 해가 중천을 떠갈 때 함께 행군대열에 끼었다. 그런데, 하늘에 먹장구름이 흐르더니 가을 소나기가 쏟아지기 시작했다. 배낭을 메고 우의를 걸쳤지만, 속수무책, 소나기는 우의를 뚫고 속으로 흘러내렸다. 배낭이 젖고 속옷까지 흠뻑 젖은 군장의 무게는 천근만근 어깨를 짓누르고 있었다. 젖은 상태로 계속 행군하다 보니 군화 속으로 빗물이 들어와 발바닥 보호를 위해 양말에 칠해놓은 비누가 마찰 때문에 흐느적거렸다. 설상가상 해는 지고 깜깜한 어둠이 세상을 삼키고 나니 오로지 앞사람의 걷는 군화 소리만 들릴 뿐이었다. 밤새 걸어 사타구니가 쓸려 얼얼할 때쯤, "10분간 휴식!" 명령이 떨어졌다.

너 나 할 것 없이 모두가 물이 잔뜩 밴 배낭을 털썩 내려놓고 배낭에 기대어 휴식을 취하고 있었다. 그 짧은 시간이었지만 병사들은 눈을 감고 입을 벌린 채 휴식을 취하고 있었다. 심지어 그 짧은 시간에 코를 고는 사람도 있었다.

비는 하염없이 쏟아져 하늘을 향해 입 벌리고 누워 있는 병사들의 입으로 흘러 들어갔다.

아비규환이 따로 있을까? 배도 고프고, 다리도 아팠지만, 그때 가장 생각난 것이 어머니였다. 어머니가 끓여 주시던 따끈따끈한 된장국에 김이 모락모락 오르는 쌀밥 한 그릇이었다.

당시에는 비에 대한 끔찍한 추억이었지만, 이제 와 생각해 보면 내 생애 두 번 다시 오지 않을 아름다운 추억이 되고 말았다.

상념의 나래를 접고 보니 하늘이 훤하게 밝아온다. 훅하고 더운 바람이 온몸을 휘감는다. 내일이면 입추이고 열흘 후면 말복이다.

이제 여름의 한고비를 넘긴듯하다. 정류장 바로 옆에 서 있는 나무 아래쪽에 매미가 겁도 없이 앵앵 울어댄다. 너무 더워서 매미가 이성을 상실했나. 손만 뻗으면 잡힐 곳에 앉아 구성지게 연주한다.

구름 속에 숨었던 열기가 동시에 쏟아진다. 다시 훅하고 몰려오는 열기도 계절의 흐름을 바꿀 수는 없을 것이다. 이토록 무더운 여름을 경험해 본 것도 사상 초유의 일이다.

그나마 지난밤, 시원하게 퍼붓던 소나기 한줄기가 잠시 잠깐의 더위를 몰아낸 것은 덤으로 얻은 행복이 아닐까?

2024 . 8 . 6

■ 소리소문없이 다가온 코로나19

며칠 전부터 어르신이 열이 나긴 하는데, 정확하게 표현을 못 하시고 손사래만 친다. 그러니 어디가 어떻게 아픈 건지 알 수가 없을 뿐만 아니라 그 상태를 짐작할 수조차 없었다. 알고 보니 이미 배우자분께서 며칠 전부터 열이 나고 기운이 없어 잠만 주무신다는 얘기를 들었는데, 지금은 어르신에게서 그 증상이 나타나고 있는 것이다. 추측해 보건대, 배우자분이 먼저 증상이 나타나고 어르신께 전염이 된 듯한 느낌이었다. 그러면 배우자분께서 코로나로 의심될 만한 증상을 인지하고 있었을 터인데, 별 얘기가 없어 나는 매일 어르신을 보살피러 그 집에 들락거렸는데, 어쩐지 몸이 으스스하며 덩달아 열이 나는 것 같아 찜찜한 생각이 뇌리를 스쳤다.

알고 보니 배우자분께서 당신을 돌보러 오는 여자 요양보호사 선생님께는 본인이 좀 이상하니 하루 출근하지 말라고까지 얘기를 했다고 한다. 나중에 여선생님에게 그 얘기를 전해 들었다. 그런데, 나에게는 그런 얘기조차 없었으니 난 계속 출근했고 다만 마스크를 쓰고 조심스레 어르신을 돌봐드렸다. (솔직히 배우자분의 그런 처사에 대해서 조금은 야속한 생각이 들었다.)

그 배우자분께서는 내가 어르신 케어하는 시간에는 좀 자중하시든가 해야 하는데, 표정이 많이 불편해하시면서도 음료(물)를 내오는데, 안 먹는다고 단호하게 뿌리치지 못했다. 사실 그 때, 내가 좀 조심을 했어야 하는데. 더구나 배우자분께서는 귀가 잘 안 들려 무언가 말을 하기 위해서는 귀와 입을 나에

167

게 바짝 들이대고 몇 번이고 큰소리로 반복해야 겨우 알아들으니, 나로서는 곤욕스럽기 짝이 없다.

그렇게 불편한데 보청기를 하시라고 권장해 드리지만, 할머니는 보청기를 한번 했다가 제대로 사용도 못 했다고 하면서 비싸서 도저히 못 하겠다고 말씀하신다.

그러니 텔레비전을 엄청난 볼륨으로 시청하는 바람에 아파트 입구에 들어서면 벌써 어르신 댁에서 흘러나오는 텔레비전 소리가 문밖까지 왕왕 울려온다.

그러니 같이 사는 어르신께서도 이미 큰소리에 적응이 됐는지 두 분이 나란히 소파에 앉아 엄청나게 큰소리의 TV를 시청하고 있다. 그 바람에 어르신의 청력도 많이 나빠졌을 거라는 생각을 해본다.

그날 이후 나도 코로나19에 감염되었다. 열이 확확 올라 연신 샤워장을 들락거리다가 결국은 못 참고 병원을 찾았다. 물론 코로나 검사는 좀 더 지켜보자며 우선 감기, 몸살 처방을 받고 주사와 약을 먹기 시작했다. 그나마 면역력이 남아있던 나는 이틀간 열이 나다가 서서히 상태가 좋아졌다. 작년도 코로나 감염 때와는 많이 다르긴 했지만 어쨌든 또 한 번 어둠의 긴 터널을 빠져나오는 느낌이었다.

더위가 절정을 이루는 2024년 8월 26일 출근을 하니 배우자이신 할머니가 나에게 어르신을 모시고 병원을 다녀와 달라고 부탁하신다. 어르신 코로나 검사를 받고 싶다고 하셨다. 버스를 타고 어르신이 전에 살던 곳에서 다니던 단골 병원으로 갔다.

검사 결과는 코로나19 감염이었다. 부랴부랴 전화를 걸어 배우자분께도 검사받으시라고 권하고 나는 처방 약을 지으러 송파구청 옆에 있는 약국으로 향했다. 코로나 처방 약은 지정된 약국에서만 판매한다는 얘기를 듣고 부랴부랴 달려갔다. 약을 지어 병원으로 다시 오니 배우자이신 할머니가 코로나 검사를 받고 결과를 기다리는 중이었다.

배우자분도 역시 코로나 양성판정을 받았다. 두 분이 코로나 감염 중인데, 난 그것도 모른 채 매일 출근을 했으니 당연히 감염이 안 되겠는가? 조금 속이 상했다. 증상을 분명히 느꼈을 터인데, 모르는 체하여 매일 출근하고 한 공간에서 시간을 보냈다는 게 아쉬웠다.

어르신은 코로나 감염 이후 입맛을 잃었다. 입맛이 없으니, 밥을 제대로 드실 수도 없고 시도 때도 없이 졸고 계셨다. 그러나 나만 보면 반색하시면서 바둑을 두자고 하신다. 바둑 두는 시간만큼은 모든 걸 잊고 바둑판에 전념하셨다.

며칠 후, 배우자분께서 나에게 어르신을 모시고 석촌호수 나들이를 다녀오라고 하신다. 석촌호수 나들이가 중요한 게 아니라 근처에 있는 맛집 설렁탕을 드시고 싶어 하신다는 것이었다. 그것도 내 추측에는 어르신의 생각보다는 할머니의 생각인 듯싶었다. 입맛이 없어 식사를 잘 못하시니 바람도 쐬

169

고 설렁탕도 드시게 하라는 뜻이다.

어르신은 석촌호수에 대한 남다른 애정을 갖고 계신다. 처음 아프기 시작했을때도 걸으실 만하면 늘 석촌호수를 찾으셨다. 석촌호수 쉼터에서 바둑을 두시면서 시간을 보내셨던 그 시절에 대한 향수가 짙으셨다.

어르신을 모시고 석촌호수로 향했다. 평소와 같이 버스를 타고 근처에서 내려 걸었는데, 어르신의 걸음걸이가 평소와 확연히 차이가 났다. 코로나 후유증을 겪으면서 많이 쇠약해지셨다. 불과 몇 걸음 못 가서 쉬기를 반복했다. 숨소리도 된 소리가 났다. 가다 쉬기를 반복하면서 석촌호수 쉼터에 도착했는데, 호숫가의 푸른 녹음과 시원한 바람이 그나마 컨디션을 올려주었다.

"어르신, 기분이 괜찮으세요?"
"그럼, 그렇고말고"

보온병에 미리 준비해 간 달달하고 따뜻한 커피 한 잔을 따라 드리니 너무 맛있게 드셨다.

어르신과 서너 판의 바둑을 둔 다음, 조금 늦은 시간에 설렁탕집으로 갔다. 일부러 늦은 시간에 간 이유는 사람들이 붐비는 시간을 피하기 위해서였다. 예전만은 못했지만, 설렁탕 한 그릇을 잘 드시고 나오면서 근처에 있는 커피집 야외탁자에 앉아 준비해 간 커피 한 잔을 따라 드리니 기분이 엄청나게 좋아지셨다.

석촌호수에서 더 놀다 갈까, 집으로 갈까 망설이다가 케어 종료 시각이 가까워 그냥 집으로 가기로 했다. 그런데, 집으로 가는 버스를 타기 위해 걷던 중, 어르신이 너무 힘들어하시는 기색이 역력했다. 지팡이를 짚고 서서 땀을 흘리면서 눈을 감고 한참을 쉬곤 하셨다.

'아! 아흔의 연세를 넘기신 어르신이 코로나 후유증으로 많이 힘들어하시는구나'

가슴이 알싸했다. 부랴부랴 택시를 잡는데, 이 또한 쉽지 않았다. 택시를 불러놓고 어르신을 태우려고 하면 쌩하고 도망치듯이 가버리곤 한다. 두 대의 택시에 승차 거부를 당하고 세 번째 잡은 택시를 타고 겨우 집으로 돌아왔다.

"아니 이 사회가 어찌 돌아가려고 하는가? 누구든 시간이 지나면 다 노인이 되는데, 노인이라고 택시 승차 거부를 당하는 세상이 말이나 되는가?"

택시를 타고 오면서 나 혼자만의 독백이었지만 이 또한 부정할 수 없는 현실이었다.

2024 . 8 . 26 . (월)

171

<작가의 맺음말>
가족의 사랑만 한 치료 약은 없다

몇 년 전, 인생 3모작으로 다니던 직장에서 일하던 중 뇌경색 판정을 받고 스스로 걸어서 삼성서울병원 중환자실에 입원했다. 극복 과정에서 보이지 않는 고뇌와 고통은 오롯이 나 혼자만이 감당해야 할 몫이었다. 1년 후, 거의 20여kg에 육박하는 배낭을 짊어지고 지리산 종주 산행길에 나섰다. 나 스스로 나를 묻기 위해서였다. 옛 전우들과 함께 그 험한 3박 4일의 고행길은 내 인생의 가장 긴 고통의 시간이었지만, 또 한편으로는 환희의 시간이었다. 내 스스로 극복해 냈기 때문이다. 이 또한 50여 년 동안 함께 동고동락했던 젊은 날의 전우들이 곁에 있었기에 가능했던 일이었다. 이후, 두 권의 수필집과 한 권의 시집을 출간했다. 물론 그 이전에 두 권의 수필집을 발간했으며, 이후 세 권의 서적은 뇌경색 발병 이후에 펴낸 책이었다.

그리고 요양보호사 자격증을 취득하기 위해 각고의 노력을 하면서 나 자신을 다그치는 삶을 살았다. 뇌경색을 극복하는 과정에서 자격증을 취득한 후, 요양보호사로서 첫 임무는 3급 뇌경색 환자를 돌보는 아이러니한 일이 발생한 것이다.

이 책의 이야기는 지금 병마와 싸우고 있는 그분들만의 이야기는 전혀 아니다. 불과 얼마 후면 나의 이야기일 수 있고, 또 얼마 후에는 한창 젊은 이들의 이야기일 수도 있다.

물의 발원지인 옹달샘에서 시작한 물은 흐르고 흘러, 수많은 계곡을 지나 곧 바다로 합류한다. 수많은 계곡을 지나면서 바위에 부딪치고 가시덩굴을 만나거나 나뭇가지에 걸려 하얀 피를 철철 흘리며 마침내 바다에 이른다. 때론 봄볕에 함초롬 피어난 꽃을 만나 행복감을 느낄 수도 있지만, 그것도 잠시뿐이다. 왜냐하면 멈추지 않고 계속 흘러야 하니까. 인생도 마찬가지이다. 바람 잘 날 없는 인생의 메커니즘(mechanism)도 위와 비슷하지 않을까?

젊어서, 건강할 때, 건강을 지켜야 한다는 금과 옥저와 같은 말이 있다. 누구든 이 말을 그냥 흘려듣고 넘어간다면 머지않아 병원 신세를 면치 못하고 축복의 100세 시대가 아니라 재앙의 100세 시대를 맞이할 수 있음을 분명히 알아야 할 것이다.

건강한 삶을 원하지 않는 사람은 없다. 그래서 열심히 건강관리 하면서 잘 살았는데, 예기치 않은 병마와 마주하면서 망연자실한다. 유전적 요인이나 그 외적 요인으로 인해 발병할 수도 있기 때문이다. 나의 의지나 노력으로도 어쩔 수 없는 영역이 있음을 스스로 인정할 수밖에 없는 상황도 있다. 그것조차도 나의 삶의 일부분이니까.

불로초를 사랑한 중국의 진시황이나 삼천갑자 동방삭이도 결국은 자연의 이치 앞에는 어쩔 수 없는 미물이었음을 우리는 익히 배워 알고 있다.

병마와 싸우면서 나름 슬기롭게 삶을 정리하는 사람들이 있는가 하면 허구한 날, 집안에 분란이 일어나고 가족 간에, 부부간에 갈등을 조장하면서 스스로 삶을 지옥의 구렁텅이로 몰아넣는 일도 비일비재하다. 대부분 환자는 후자에 더 큰 비중을 차지하고 있다.

어르신들은 가족의 따뜻한 사랑과 보살핌이 보약이다. '사랑은 그 어떤 치료제보다 더욱 강한 효과와 유대감을 형성'할 수 있다.

가족 간의 원망과 불신은 그러잖아도 힘들고 어두운 삶을 더욱 심화시킬 수 있다. 사랑은 대단한 데서 찾으려고 허둥대지 않아도 된다. 환자를 긍정해 주고 이해하면서 함께 있어 주는 것만으로도 심리적 안정감을 가져올 수 있는 것이 사랑의 원천이다.

요양원이나 요양병원에 입원함으로써 사랑하는 가족과의 단절은 환자에게는 심리적 소외감과 외로움을 동반할 수 있다. 요즘은 사람 중심의 요양원, 케어 중심의 맞춤형 요양원이 많이 생겨나고 있기에 그나마 다행이라는 생각을 해본다.

병마와 싸우는 어르신들도 그 나름대로 행복할 권리가 있다. 자신의 의지만으로는 아무것도 할 수 없는 엄혹한 시간을 보내고 있지만 하루하루 행복한 시간을 보내고 싶어 한다.

어느덧 긴 여름의 터널을 지나 따스한 가을 햇살이 나뭇가지 끝에 걸렸다. 싱그러운 바람이 살랑살랑 나뭇잎을 흔든다. 말이 없는 세월은 사정없이 등 떠밀어, 또 한해의 끝에 섰다. 병마와 싸우는 힘들고 어려운 시간도 켜켜이 세월에 묻혀간다.

공수래공수거空手來空手去라 하지 않던가? 결국은 삶의 덧없음을 느꼈던 것처럼 소풍처럼 왔다가 가는 인생길, 무엇을 더 바라고 욕심을 부릴까? 남은 삶은 요양보호사로서 이타적인 삶으로 꾸며 아름다운 작품으로 남고 싶다.

김종억 요양보호사

추천사

人生 100세 시대 누구나 오래 건강하게 살기를 원한다.

인간의 최대 수명은 120세로 추정하나 한국인의 남자 평균 수명은 86세 정도이며 여자가 남자보다 더 긴 편이다.

인간의 수명은 조상으로부터 물려받은 유전적인 DNA에 의해 영향을 받고, 자신의 健康管理와 生活習慣을 어떻게 하고 살았느냐에 따라서 결정된다.

젊은 시절 그 왕성했던 활력이 서산의 황혼 길로 서서히 접어드는 시기인 80~90세에 이르면 心身의 老化로 더 기력을 잃고 쇠잔해진다.

그들 중에 중환으로 거동이 불편한 노인은 자기 의지대로 살 수가 없어서 남의 힘을 빌려서 여생을 살아가야 하는 시름에 찬 고난의 세월이 기다리고 있다.

그들은 삶의 의욕을 잃어버리고 심신의 불안과 고통으로 생의 끝자락에서 사력을 다해 견디며 눈물겨운 여생을 보내고 있다.

그런 현실을 눈여겨보고 있던 김종억 작가는 자신의 바쁜 일상을 쪼개고 틈틈이 시간을 할애해 범인이 하기 어려운 療養保護士로서 어렵고 힘들게 사는 노인을 자상한 배려와 지극정성으로 돌보고 있다.

그는 파킨슨병, 치매 환자, 인공 신장 투석환자, 거동이 불편한 중증 환자를 돌보는 우리 사회의 소금과 같은 사람으로서 주위에서 좋은 평판을 받고 있어 무한한 감동을 주고 있다.

우리 시대 소중한 龜鑑이라 생각해 눈물겹도록 체험한 슬픈 사연을 사례별로 엮어낸 『황혼의 소풍길』은 독자 여러분의 인생여정에 길라잡이가 되리라 생각해 꼭 읽어보기를 강력히 추천한다.

사) 한국문학협회 명예 이사장, 문학평론가 성광웅

황혼의 소풍 picnic in the twilight years

2024년 12월 9일 제 1판 인쇄 발행

지 은 이 ㅣ 김종억
펴 낸 이 ㅣ 박종래
펴 낸 곳 ㅣ 도서출판 명성서림

등록번호 ㅣ 3012014013
주소 ㅣ 04625 서울시 중구 필동로6(2,3층)
대표전화 ㅣ 02)22772800
팩스 ㅣ 02)22778945
이 메 일 ㅣ msprint8944@naver.com

값 14,000원
ISBN 979-11-94200-48-2